花月《かげつ》小学校《しょうがっこう》
図書館案内図《としょかんあんないず》

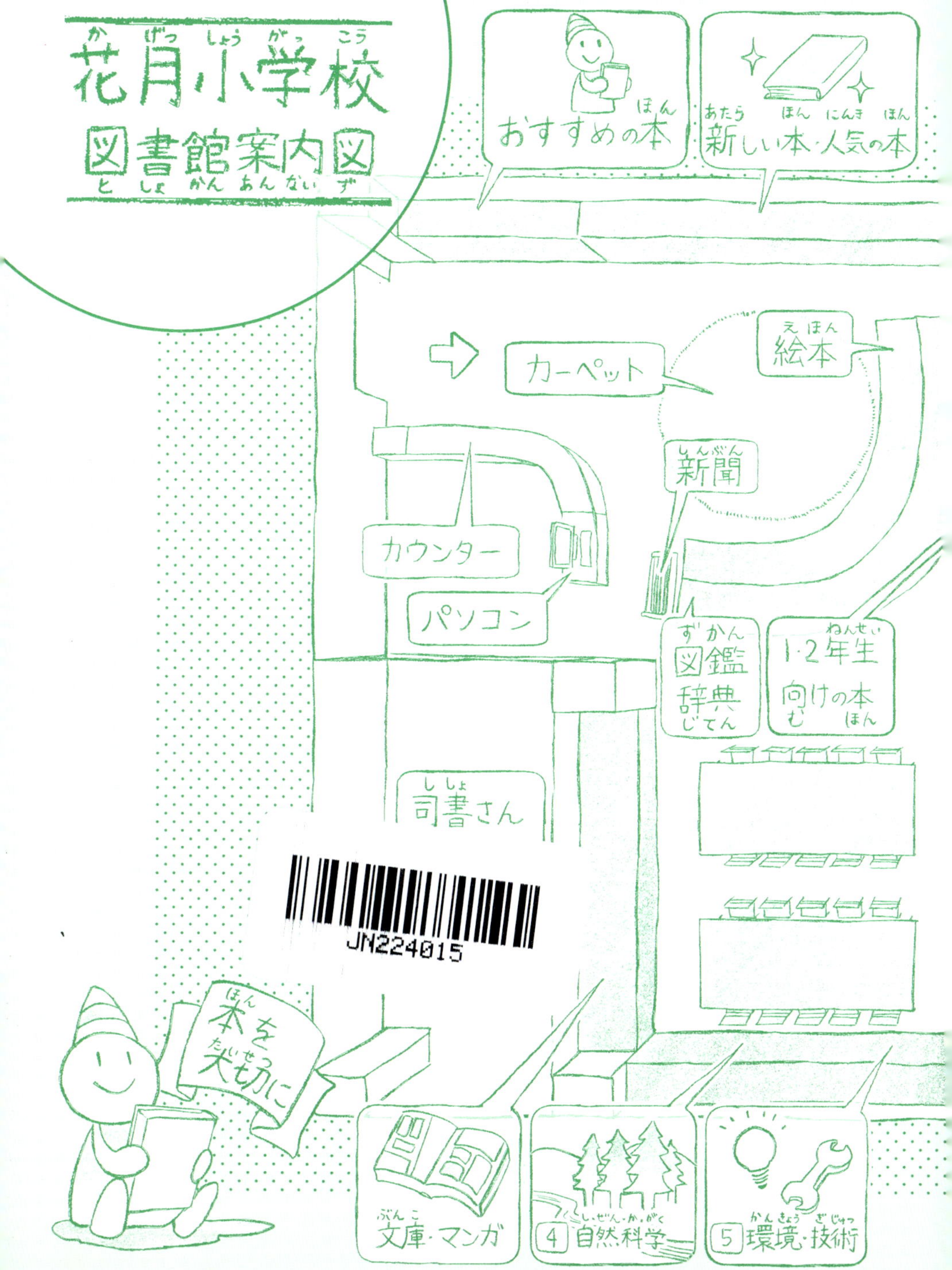

もくじ

プロローグ

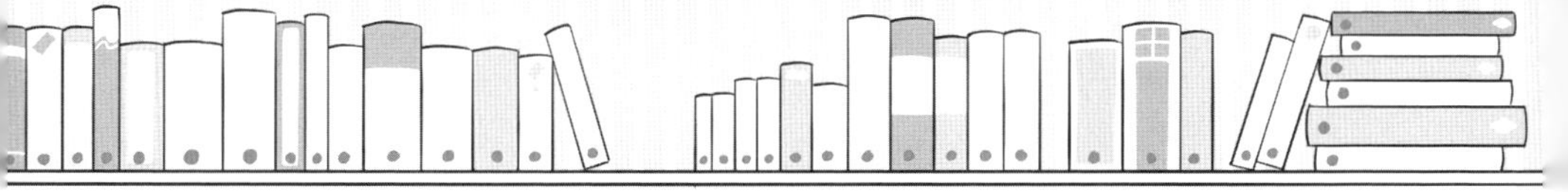

絵本を読み終わったあたしは、ふーっと息をはいて、本を閉《と》じた。ぱらぱらと拍手《はくしゅ》してくれたのは、十五人ほどの一、二年生だ。

ここ、花月《かげつ》小学校は、水曜日のお昼休みがほかの日よりも長くて三十分ある。それで、毎月第二と第四水曜日の昼休みは、低学年の子たちに、絵本の読み聞かせを行う。それは、あたしたち図書委員の重要な仕事の一つなのだ。

今日、あたしが読んだのは、『十二支《じゅうにし》のおはなし』という絵本。三学期最初の回なので、新年にちなんだものを選んだ。

「柚希《ゆずき》、よかったよ！」

あたしといっしょに、五年二組の図書委員をやっている堀之内瑠衣《ほりのうちるい》が、笑顔《えがお》でほめてくれた。

瑠衣《るい》は、絵本の読み聞かせが得意で、六年生も合

わせた図書委員十四人の中で、いちばん上手だ。その瑠衣《るい》からほめられたのだから、うれしい。

「ありがと！　自分でもけっこううまくできたと思うんだ」

思わず声をはずませる。だって、何度も練習したのだ。書いてある言葉がそらでいえるくらい。この調子で上手になれば、きっと下級生のあいだでも人気者になって、「柚希《ゆずき》おねえさん、読んで」なんてせがまれたりするかも。そんなことを想像《そうぞう》して、にやにやしてしまった。

あたしはぐるりと図書館内を見回す。幸哉《ゆきや》くんが聞いてたら、「うまくなったね」ってほめてくれるかも。でも……。こういう時にかぎって、来てない。あたしは、ちょっとがっかりして、小さくため息をついた。

1 ビブリオバトルって？

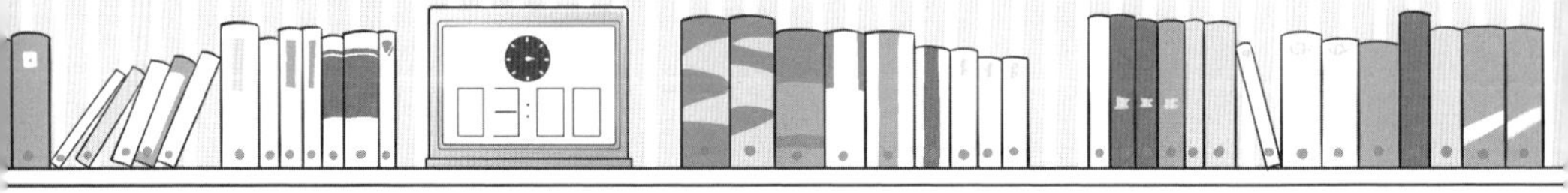

入り口の左手にあるおすすめ本の前で、『チュンチエ——中国《ちゅうごく》のおしょうがつ——』という本をめくりながら、瑠衣《るい》がいった。

「一月だから、お正月の関係の本が多いね」

「百人一首の本もあるよ。瑠衣《るい》は、百人一首、得意？」

「まあまあかな。半分以上は、覚えたよ」

「へえ、すごいね。あたし、イマイチ苦手かも」

おすすめ本のラインナップは、新年の行事を解《かい》説《せつ》する本や、絵本が多い。お正月がテーマの高学年向けの物語って、あんまりないのかな。あたしは、ちょっと物足りないと思いながら、本をながめていた。

花月《かげつ》小学校の委員会活動は、五年生と六年生が行う。任期《にんき》は半年だ。いろんな委員会がある中で、図書委員はけっこういそがしいほうだと思う。貸《か》し出《だ》しや返却《へんきゃく》の当番もあるし、棚《たな》の整理をしたり、図書館だよりに記事を書いたり、掲示板《けいじばん》におすすめの本を紹介《しょうかい》した紙をはったり。

貸《か》し出《だ》し当番は、中休みと昼休み、放課後の三回で、当番の日は、昼休みに外で遊ぶこともできない。でも、あたしは図書館に行くのが楽しみだから、少しも残念じゃない。

図書委員は、本好きの子が多いから、図書館に行けば、かならず、ほかの委員と顔を合わせる。そこで、読んだ本の話ができるのもうれしい。それにここは、とてもすてきな場所なのだ。

図書館は、独立《どくりつ》した建物で、校舎《こうしゃ》とはわたりろうかでつながっている。とがった赤い屋根と大きな窓《まど》が特徴《とくちょう》で、窓《まど》ガラスが半円形になっている。かべは目にやさしい淡《あわ》いクリーム色。教室よりも天井《てんじょう》が高くて、広々としているところも気に入っている。

書棚《しょだな》はあまり高くない木製《もくせい》のものが多いから、一年生でもたいていの本に手が届《とど》く。建物の中は、つくえがきれいに並《なら》んでいる場所と、大きなテーブルのある場所がある。いすやテーブルは、低学年の小さいサイズとふつうのサイズの二種類。それから、じゅうたんをしいたスペースもある。そこでは、寝《ね》そべって本を読んでもおこられない。低学年の子たちのために、読み聞かせをするのは、そのじゅうたんスペースだ。

図書館の本――蔵書《ぞうしょ》っていうのだけど――は、市内の学校の中では多いほうで、新しい本もたくさんある。それは、本好きの子にとっては、すごーくうれしいことらしい。あたしは、といえば、図書委員をやっているくらいだから、本が好き。でも本好きとしては、新米。そう半年前に図書委員になるまでは、それほどではなかったのだ。けれど、今は、毎日のように図書館に行っている。

それは、新年最初に行われた図書委員会の時のこと。

「……というわけで、冬休み前だったので、貸《か》し出《だ》しの冊数《さっすう》は学校全体としては増《ふ》えましたが、高学年はあまり増《ふ》えてません。特に、六年生は少し減《へ》ってしまいました。もっと図書館の魅力《みりょく》を伝えるために、何ができるか意見はありますか。アイディアがあれば、お願いします」

委員長で六年生の並木美彩《なみきみさ》さんが、はきはきとした声でいった。美彩《みさ》さんは、六年生の中でもダントツに大人っぽい人で、前髪《まえがみ》を耳にかけたロングヘアの髪型《かみがた》がよく似《に》あっている。

「受験《じゅけん》する子は、読書どころじゃないっていってたものなあ」

ぽつりとつぶやいたのは、副委員長で、やっぱり六年の上山幸哉《うえやまゆきや》くんだ。幸哉《ゆきや》くんは、正真正銘《しょうしんしょうめい》の本好き男子。男子があまりやりたがらない読み聞かせも上手だし、本を探《さが》してる子の相談に乗ったりしているから、低学年の子たちに

も人気がある。すごくイケメンってわけじゃないけど、やさしくて笑顔《えがお》がすてきで、実は、あたしのあこがれの先輩《せんぱい》なのだ。細いブルーのフレームのメガネが似《に》あっていて、頭よさそう。っていうか、前期は学級委員もやっていた優等生《ゆうとうせい》らしい。

実は、あたしが本好きになったのは、幸哉《ゆきや》くんのおかげ。ううん、幸哉《ゆきや》くんのせい、っていったほうが、正しいのかもしれない。

あれは、六月の運動会の時だった。あたしは四年生から六年生までが参加するクラス別の対抗《たいこう》リレーの選手に選ばれた。同じチームに六年二組の幸哉《ゆきや》くんがいて、五年二組のあたしからバトンを受け取ることになった。最初の練習の日、あたしはバトンミスをして落としてしまった。その時、幸哉《ゆきや》くんがやさしくなぐさめてくれた。本番じゃないから、大丈夫《だいじょうぶ》だよって。その笑顔《えがお》がすてきで、その瞬間《しゅんかん》、あたしは恋《こい》に落ちた！

幸哉《ゆきや》くんが、学校の図書館にいることが多いと知ったあたしは、図書館に足を運ぶようになった。幸哉《ゆきや》くんが借りた本がわかった時には、あとから同じ本を借りて読んだりした。その本が、どれもおもしろかった。

あたしと幸哉《ゆきや》くんは、きっと趣味《しゅみ》が合う！

あたしが本を読むようになると、うちのおばあちゃんが喜んだ。おばあちゃんは、児童センターで、おはなし会のボランティアをやっていて、あたしも小さいころは、よく絵本を読んでもらっていた。けれど、いつの間にかあたしが本から遠ざかってしまったので、おばあちゃんは、ちょっぴりさびしかったみたいだ。

二学期になってすぐに、幸哉《ゆきや》くんが、後期は図書委員をやりたいっていってい るのを耳にしたあたしは、自分も図書委員を希望した。ラッキーだったのは、うちのクラスでは、図書委員はイマイチ人気がなかったこと。あたしは無事図書委員になることができた。だからこうして、幸哉《ゆきや》くんと委員会で顔も合わせられるし、貸《か》し出《だ》し当番でいっしょになることもある。もっとも、幸哉《ゆきや》くんは、当番でなくても、しょっちゅう来ているから、図書館に行きさえすれば、毎日のように会えるというわけ。

幸哉《ゆきや》くんは、あたしのこと、どう思っているかな。たぶん、きらわれてはいないはずだ。いつもフレンドリーに話しかけてくれるもの。

もし、バレンタインデーの日、幸哉《ゆきや》くんにチョコをあげたら、もらってくれるかな。もらってくれるよね、きっと。それで、ホワイトデーのお返し、なんていって、二人で、デートとかできたら、いいな……。

「北原《きたはら》さん！」

いきなり、名前を呼《よ》ばれて、あたしははねるように立ち上がった。

「はい！　もっとたくさん人が来るように、工夫が必要だと思います」

すると、くすくすっと笑いがおこった。

「そのために、どうしたらいいか、という話をしているんでしょう？」

またやってしまった。すぐに妄想《もうそう》モードになっちゃうことと、夢中《むちゅう》になると我《われ》を忘《わす》れてつっ走ることが、あたしの欠点なのだ。

「すみません。そうだ！　図書館にあるおもしろい本を、教室まで持っていくというのはどうでしょう。貸《か》し出《だ》しの出前やるんです」

「そんなこと、できません。貸《か》し出《だ》し手続きしてない図書館の本を持ち出すなんて。ちゃんと考えてください」

美彩《みさ》さんが、眉《まゆ》を寄《よ》せていった。美彩《みさ》さんには、こんなふうに、あきれられてしまうことが時々ある。

その時、五年一組の、岩岡佑《いわおかたすく》が手を上げたので、美彩《みさ》さんが指名した。

「ぼくは、本なんて、もともと好きなやつが好きなように読めばいいと思います。読書は、無理強《むりじ》いするもんじゃありません。図書館に進んで来てくれる子だってけっこういるんだから、それでいいんじゃないですか」

佑《たすく》らしい発言だなと思った。本はすごく好きみたいだけど、人のことにはおかまいなしってタイプ。けっこうイケメンなのに、上から目線の皮肉屋で、瑠衣《るい》とは、「残念だよね」とか、「惜《お》しいよね」なんて話してる。

「でも、図書館の本は学校の予算で買っているわけだから、利用者が少なくなれば、本を買ってくれなくなるんじゃないんですか」

なんていったのは、佑《たすく》と同じ一組の宮本歌音《みやもとかのん》だ。算数や理科が得意で、ちょっと理屈《りくつ》っぽいところがある。同じクラスになったことはないけど、一組ではひとりでいることが多いらしい。といって、いじめられているわけじゃない。はっきりものをいう子で、べたべたしたつきあいがきらい、といってたのを耳にしたことがある。

「利用者が減《へ》ったからといって、予算が減《へ》るなんてことはないわよ。でも、もちろん、たくさんの人が本を借りてくれれば、わたしもうれしいし、図書委員のみんなもうれしいでしょう」

山口《やまぐち》先生がそういうと、すぐに幸哉《ゆきや》くんが発言した。

「せっかく本がたくさんあるのに、読まないのはもったいないです。まずは、ここに来てもらうことが大事だから、何かみんなを引きつけるイベントみたいなのがあればいいと思います」

幸哉《ゆきや》くんの言葉に、あたしは大きな声で、

「賛成《さんせい》！」

といって、なぜかみんなに笑われてしまった。

その時、山口温子《やまぐちあつこ》先生がいった。

「ビブリオバトルをやってみるというのは、どうかしらね。思いがけない本を知るいい機会になるし」

「ビブリオバトル？」

五年と六年の委員たちは、いっせいに山口《やまぐち》先生を見た。

それが、あたしが初めてビブリオバトルという言葉を聞いた瞬間《しゅんかん》だった。

でも、それってなんだろう。

「バトルって、戦うことですよね。そういうのは、あんまり好きじゃないです」

と、瑠衣《るい》がいった。

「そうね。たしかに、バトルっていうと、競争するみたいだけど、ぜんぜんちがうのよ。だれが勝ったとか負けたとか、そういうことじゃないの。本を紹介《しょうかい》するためのゲームと思ってくれたらいいわ」

先生の説明をまとめると、こんな感じらしい。

①メンバーそれぞれが、ほかの人に読んでほしいおすすめの本を持って集まる。
②各メンバーは、自分が選んだ本がどれだけおもしろいかを説明する。時間は一人五分。本の魅力《みりょく》をスピーチする人を、バトラーとか、参戦者という。ただし、ミニ・ビブリオバトルといって、三分で行うやり方もある。

③ それぞれの発表のあとで、二〜三分、ディスカッションタイムを取って質問《しつもん》をしたり、答えたりする。バトラーに対して、批判的《ひはんてき》なことはいわない。

④ バトラー全員のスピーチが終わったら、どの本をいちばん読んでみたいと思ったかを投票する。いちばん票が集まった本がチャンプ本に決定!

「つまりね、人気のある本だとか、発表した人の説明が上手だとかは、一切関係ないの。要は、説明を聞いて、その時、どの本をいちばん読みたいって思ったか、そこがポイントなのよ。だから、まったく同じ本でやっても、メンバーがちがえば、チャンプ本も変わるかもしれない。それに、いくらおもしろい本でも、参加したメンバーのほとんどが読んでいたら?」

今さら読んでみたいとは思わない、ということだ。あたしは、山口《やまぐち》先生の話を聞いて、やってみたい! と思った。

すぐに、幸哉《ゆきや》くんが、

「おもしろそうですね」

と、いったので、あたしはすごくうれしくなった。同じ気持ちなのだ。やっぱり気が合う！

あたしは思わず立ち上がって、はっきりいった。

「あたし、やりたいです！」

ところが……。

「でも、人にちゃんとその本の魅力《みりょく》を説明するには、じっくり読まないとだめですよね。わたしは、今はちょっと、余裕《よゆう》ないです」

美彩《みさ》さんがそういったのは、無理もない。美彩《みさ》さんは、私立《しりつ》の中高一貫《いっかん》の学校を受験《じゅけん》する予定なのだ。試験は一月下旬《げじゅん》だから、目の前に迫《せま》っていた。

「ビブリオバトルについては、やりたい人だけでいいわ。三月までにおためしで何回かやってみて、もし、みんなが楽しい、と思えたら、来年度は正式に図書館のイベントとして、取り組んでみたいと思うの。六年生の委員には、卒業後の話で申しわけないけれど。図書委員のみんなが、楽しそうに委員会活動をしていれば、きっと、ほかの人も集まってくるようになるんじゃないかしら」

「ぼくは、賛成《さんせい》です。ぼくたちが卒業してからも、この図書館で、楽しいイベントが行われていると思ったら、うれしいです」

幸哉《ゆきや》くんがいった。かっこいい！

美彩《みさ》さんが、ちらっと幸哉《ゆきや》くんのほうを見てから、視線《しせん》をもどすと、はっきりとした口調でいった。

「では、ビブリオバトルに興味《きょうみ》ある人は、手を上げてください」

「はーい！」

あたしはすぐに勢《いきお》いよく手を上げた。だいたい、半分ぐらいの人の手が上がった。

「じゃあ、三月までに、図書委員の希望するメンバーで、毎月一回、やってみましょう。三回ぐらいやると、どういうものか様子がつかめると思うの。みんなの前で話すのは苦手、という人は、聞いて投票だけ参加することもできます。来年四月に、図書館紹介《しょうかい》のイベントとして、公開で行うのを目標にしたらどうかしら。できたら、だれでも参加できる図書館の定期的なイベントにしたいわね。ビブリオバトルのことは、新井《あらい》先生がくわしいから、相談してみましょうね」

と山口《やまぐち》先生がいった。

そのあとで、《図書館だより》二月号にのせる特集のテーマについて話しあった。

その結果、バレンタインデーにちなんで、チョコレートの本をたくさん紹介《しょうかい》することに決めた。これも、新井《あらい》先生と相談しながら、本を選ぶことになった。

新井希子《あらいのりこ》先生は、学校司書だ。図書委員会の指導《しどう》をしてくれる山口《やまぐち》先生（司書教諭《きょうゆ》というのだそうだ）と連絡《れんらく》を取りながら、図書館のことをいろいろ考えてくれている。

山口《やまぐち》先生は、今、三年生の担任《たんにん》をしているが、新井《あらい》先生は、担任を持ったり国語や算数なんかの授業《じゅぎょう》をしたりはしない。図書館の運営《うんえい》を専門《せんもん》に行う人で、正式には学校の先生ではないのだそうだ。でもみんな、新井《あらい》先生って呼《よ》んでいる。

だって、本のことにとてもくわしくて、図書の時間や調べ学習ではいろいろ教えてくれるし、読み聞かせも、ブックトークも上手。ブックトークというのは、一つのテーマにそって、何冊《なんさつ》かの本を紹介《しょうかい》することで、十二月は、クリスマスをテーマに新井《あらい》先生がやってくれて、図書委員以外にも、たくさんの子たちが聞きに来た。新井《あらい》先生のお話には、つい引きこまれてしまうので、大人気なのだ。

そして、新井《あらい》先生は、本好き初心者だったあたしに、いろんな本を教えてくれた。こんな本を読みたいっていうと、あたしの気持ちにぴったりする本を紹介《しょうかい》してくれる。

たとえば、ちょっとへこんでた時、紹介《しょうかい》してくれたのがミヒャエル・エンデの『モモ』。夢中《むちゅう》になって読んで、元気になれた。そしてその本が、幸哉《ゆきや》くんも好きだと聞いて、すっごくうれしくなった。

放課後、何人かの図書委員が集まり、新井《あらい》先生からビブリオバトルについて教えてもらった。

「山口《やまぐち》先生から、おおまかな話は聞いているわ。みんなは小学生だから、三分間のミニ・ビブリオバトルをやってみましょうね。これは、五年生委員が中心にがんばってね。でも、おためしは年度内にやることになるから、卒業前でいそがしいと思うけど、六年生のみんなも、バトラーは無理でも観戦してね。もちろん、バトラーとしても歓迎《かんげい》よ」

「観戦って？」

「ビブリオバトルは、知的書評《しょひょう》合戦、というふうにもいわれているの。バトラーになることを参戦するともいいます。参加者全員が参戦することもあるし、発表形式というのかしら、何人かがバトラーになって、それをほかの人が聞くというやり方もある。今度やろうとしているのは、そのやり方よ。自分では本の紹介《しょうかい》をしない人を、観戦者といいます。つまりゲームを見る人ということ。でも、観戦者もチャンプ本を選ぶための投票はするのよ。だから、自分では本について話さない人も、参加することになるの」

あたしたちは、なるほど、というふうにうなずいた。

「ぼくは六年だけど、やってみたいな」

と幸哉《ゆきや》くん。やった！　いっしょにやれる！

「ほかの人はどうかしら？」

「あたしもやりたいです！」

勢《いきお》いよく手を上げてから、ちらっと幸哉《ゆきや》くんを見る。目が合った。幸哉《ゆきや》くんがちょっとだけ笑顔《えがお》になる。もう、それだけで幸せ。

するとすぐに佑《たすく》がいった。

「おれは、やんないから」

まあ、そうくるだろうね。佑《たすく》は自分が好きな本だけを読んでいられればいい、というタイプだから。

「参戦するかどうかは、少し時間をかけて考えてみたら。岩岡《いわおか》くんも気が変わるかもしれないし」

「変わらないです」

佑《たすく》はきっぱりといった。そんなふうに決めつけなくてもいいのに。

ほかは、少し考えてから決めるという子が多かった。

「希望する人は、わたしに申しこんでね。申しこみ用紙を作っておくから。バトラーが四人以上になったら、正式に開催《かいさい》決定します」

「なんで四人なんですか？」

「三人だとちょっとさびしいでしょう。それに、もともとビブリオバトルは二人ではできないの」

なぜ二人ではだめなのかも、新井《あらい》先生は教えてくれた。ビブリオバトルでは、自分が発表した本には投票しない決まりだ。だから、全員が発表するやり方では、二人だけだと、チャンプ本を選ぶことができない。それで、三人以上必要、ということらしい。

その日の帰りのこと。

「ねえ、瑠衣《るい》、ビブリオバトル、おもしろそうだよね。あたし、なんの本、紹介《しょうかい》しようかな。やっぱ、ファンタジーかな。『守《も》り人《びと》』シリーズとか。でも、あれは、読んでる子が多いかもしれないから、読みたい、とは思ってくれないかも。瑠衣《るい》は、どんな本、紹介《しょうかい》したい？」

「うーん。あたしは、あんまりやりたくない」

「ええ？　楽しそうだよ」

「やっぱり、バトルって言葉、引っかかるんだよね」

「そうかなあ。先生も勝ち負けじゃないっていってたじゃん。ゲームなんだから」

「けど、いちばんを選ぶんでしょ」

「説明のうまさとか、関係ないんだよ」

「それでも、選ぶんでしょ。やっぱりやりたくない。本に優劣《ゆうれつ》つけるみたいで」

というので、ちょっとがっかりした。ふだんは、なんにでも興味《きょうみ》を持つほうだから、てっきりいっしょにもり上がれると思ったのに。

瑠衣《るい》がやらないといったのは残念だけれど、あたしはすごくやってみたい。そして、やるからには、ぜったいチャンプ本に選ばれたい。そしたら幸哉《ゆきや》くんが、笑顔《えがお》で、おめでとうといってくれるかも。とそんなことを思いながら、にやにやしていると、後ろから声がした。

「何、のろのろ歩いてんだよ。じゃまだよ」

この声は、同じクラスの和田陽人《わだはると》だ。陽人《はると》はすっとあたしたちのわきをすり抜《ぬ》けていった。

「陽人《はると》！　さっき、ぜんぜん発言しなかったじゃん。図書委員のくせに」

と、あたしは陽人《はると》の背中《せなか》に向かってどなった。でも、陽人《はると》はふり向きもしないで、足を後ろに二度けり上げるようにしてから、走っていった。なんかむかつく。

まったく陽人《はると》みたいなのが図書委員だなんて。

でも、希望者が多い放送委員とかとちがって、図書委員はやりたかった子ばかりじゃない。陽人《はると》も、本当は運動委員をやりたかったのに、じゃんけんで負けて、しかたなく図書委員になったのだ。

「陽人《はると》は、ぜったいに、ビブリオバトルとか、興味《きょうみ》ないよね」

というと、瑠衣《るい》もうなずいた。

「本が好きじゃないもんね、陽人《はると》って」

「だからって、委員としての責任《せきにん》果たさないのはなあ。しょっちゅう貸《か》し出《だ》し当番さぼるし。この間も、忘《わす》れた！　とかって、あれ、カクシンハンってやつだよね」

あたしは、もう小さくなった陽人《はると》の背中《せなか》を見ながらいった。

2

おばあちゃんのアドバイス

あたしの家は五人家族だ。パパとママと、三つ年上の姉の梨那《りな》、そしておばあちゃんだ。

山口《やまぐち》先生と新井《あらい》先生からビブリオバトルのことを聞いた日、夕食の時に、あたしはその話をした。

「ああ、最近、流行《はや》っているみたいね」

と、まずおばあちゃんがいった。

おばあちゃんは、あたしが生まれるちょっと前まで、幼稚園《ようちえん》の先生をしていた。それに、児童センターでおはなし会のボランティアをやっているくらいだから、読み聞かせが上手だ。絵本だけじゃなくて、子どもの本をたくさん読んでいる。

「あたしも、聞いたことある。公共図書館のイベントでやってるところもあるし、学校の授業《じゅぎょう》でやるところもあるみたい」

と梨那《りな》ネエ。梨那《りな》ネエも本が好き。しかも、あた

しみたいに、最近、本のおもしろさに目覚めたのではなくて、小さいころから
ずっと本好きだった。なので、おもしろい本を教えてもらえるのはうれしい。
時々、「これも読んでないの？」なんてばかにされると腹《はら》が立つけれど。
　おばあちゃんの話だと、ビブリオバトルというのは、もともとは、十年ぐらい
前に京都《きょうと》の大学の研究室で始められたものだという。それがだんだんと広がって、
今では、図書館や学校など、いろんな場所で行われるようになったらしい。
「お金もかからないしね。読んでほしいと思う本と、タイマーがあればやれるも
の」
「おばあちゃん、やったことあるの？」
「残念ながら、まだないけれど」
「ねえ、おばあちゃん、今度図書委員会のメンバーで、やるんだけど、どの本に
したらいいと思う？　あたし、ぜったい勝ちたいんだ」
ビブリオバトルでいちばんになれば、きっと本好きの幸哉《ゆきや》くんが認《みと》めてくれる。
「柚希《ゆずき》、ビブリオバトルでは、選ばれるのはあくまでも本だからね」
「わかってるよ」

あたしは、口をとがらせた。でも、瑠衣《るい》には勝ち負けじゃないっていったけど、やる以上は、勝ちたい。

「今、柚希《ゆずき》がいちばん紹介《しょうかい》したい本を選べばいいのよ。大事なのは、ほかの人に読んでほしいって思う気持ちなんだから」

「ほかの人って、参加する人だよね」

「そう。チャンプ本になるには、参加する人が読みたいって思う本でなくちゃね」

参加するのはだれなんだろう。幸哉《ゆきや》くんは、参加するって宣言《せんげん》してたけど、今のところわかっているのはあたしと幸哉《ゆきや》くんの二人だけ。瑠衣《るい》は、消極的だったし、佑《たすく》ははっきりやらないっていった。

実際《じっさい》にどの本にするかはともかく、いくつか候補《こうほ》を選ぶことにして、ミニノートを開いてみる。これは、ママからもらったルーズリーフの残りを二つに切って作った手作りのノートだ。図書委員になった時、読んだ本を記録しておくために、瑠衣《るい》といっしょに作った。表紙はオレンジ色の画用紙で、マスキングテープでデコっている。あたしは、ノートをぱらぱらめくってみたけれど、イマイチぴんとくるものがなくて、

「おばあちゃん、何か教えてよ」

とたのんでみた。

「柚希《ゆずき》自身は、最近、読んで何がおもしろかったの？」

「『ローワンと魔法《まほう》の地図』かな。図書委員のあいだで、流行《はや》ったんだ」

「じゃあ、みんな読んでるわね」

「みんなが読んでたら、読みたいって思わないもんね」

「そうね。もちろん、もう一度読みたくなったという理由で、投票することもあるとは思うけれど」

「ねえ、最近読んだので、何かおすすめない？」

「そうねえ。じゃあ、ちょっとみつくろってくるから、待ってなさい」

といって、おばあちゃんは、いったん自分の部屋に引っこむと、何冊《さつ》かの本を手にもどってきた。

「最近読んで、おもしろかったのは、これよ。『負けないパティシエガール』というアメリカのお話。でも、柚希《ゆずき》にはちょっとむずかしいかも」

すると梨那《りな》ネエが、読みたいといって、手を出した。そして、

「あたしも、友だちとやってみようかな、ビブリオバトル。前からやってみたかったんだよね」

なんていう。なんだか、梨那《りな》ネエに負けていられないって気になった。がんばらなくちゃ。いい本選んで、ちゃんと発表して、幸哉《ゆきや》くんに認《みと》めてもらうためにも。

「おばあちゃん、ほかには？」

「これなんかどうかしら。砂漠《さばく》の王国の物語で『漂泊《ひょうはく》の王の伝説』というの。読みごたえあるわよ」

手に取ってみるとかなり厚《あつ》い本だった。でも、表紙を見ても、イマイチ、心が動かない。

「おもしろいの？」

「おもしろいと思ったからすすめているんだけどね。あんたと同じ五年生の子に教えてあげたら、夢中《むちゅう》になって読んでくれたわ」

「うーん、でも、もう少しうすい本がいいなあ」

「じゃあ、これはどう？　『クロティの秘密《ひみつ》の日記』といってね。物語の舞台《ぶたい》は百五十年前のアメリカ南部。奴隷《どれい》として働いていた黒人の女の子が主人公よ。そのころはね、奴隷《どれい》たちは、字を覚えることを禁止《きんし》されていたんだけど、クロティはこっそり字を覚えるの」

といって見せてくれた本も、けっこう厚《あつ》い。

「なんか、そういうむずかしそうな話、苦手だなあ」

「とてもいい本だと思うけれどねえ」

「本を読みなさいとか、すぐにいう先生が好きそう。新井《あらい》先生は、そういうこといわないよ」

「わたしだって、無理強《むりじ》いはしないわよ。でも、今の自分には、ちょっとむずかしいなって思っている本も、読んでみると、世界が広がるわよ」

「けどさあ、みんなが読みたいっていって思わないといけないんだよ」

「まあ、あんまりあれこれ考えずに、今の柚希《ゆずき》が、いちばん読んでほしい、って思う本でいいんじゃない？　漠然《ばくぜん》と、みんなにというよりも、だれかを思いうかべて、たとえば、瑠衣《るい》ちゃんにすすめたい本は、というふうに考えてみたらどうかしら」

「瑠衣《るい》に？　なるほど」

といいながら、あたしがその時に思いうかべていた人は、瑠衣《るい》ではなかった。幸《ゆき》哉《や》くんだ。あたしは幸哉《ゆきや》くんの読んだ本を、おっかけてきた。幸哉《ゆきや》くんが読んでなさそうで、しかも興味《きょうみ》を持ってくれるのってどんな本だろう。

「瑠衣《るい》ちゃん、読み聞かせ、上手なんでしょ」

「あ、うん。妹いるし」

「昔から、本、好きだったものね」

瑠衣《るい》とは、保育園《ほいくえん》が同じだった。それに、おばあちゃんがボランティアでやっているおはなし会にもよく来ていたから、瑠衣《るい》のことは小さいころから知っていた。でも、小学校では去年までクラスがちがっていたので、それほど親しくはなかった。あたしが本に目覚めて、いっしょに図書委員になってからは、急に仲よくなった。そして、ハロウィーンが終わったころに、瑠衣《るい》があたしの家に遊びに来て、おばあちゃんと再会。二人がすごく喜んでいるのを、なんだか不思議な気持ちであたしは見ていた。

瑠衣《るい》は、あたしよりたくさんの本を読んでいる。瑠衣《るい》が好きなのは、日本の物語。青い鳥文庫の『トキメキ♥図書館』というシリーズが好きで、新刊《しんかん》を楽しみにしている。夏休みの宿題では、『宇宙《うちゅう》のみなしご』という本で感想文を書いていた。ハードカバーの本も文庫も、たくさん読んでいるのに、外国のものや、長《ちょう》編《へん》ファンタジーはあまり読まない。カタカナの名前が覚えにくくてちょっと苦手だという。昔話や民話みたいなのは読むみたいだけど。

そこがあたしとちがう。あたしは、幸哉《ゆきや》くんが読んだものや、新井《あらい》先生に教えてもらった物語を中心に読んでいる。だからおもしろそうだと思った物語なら、なんでも読む。

「ねえ、柚希《ゆずき》。本を決めたら、実際《じっさい》に、時計を見てしゃべってみたら？　五分話すの、大変よ」

「あたしたちがやるのは、ミニ・ビブリオバトルだから、三分だよ。でも、三分なんて、あっという間だと思うけどな」

するとおばあちゃんは、

「どうかしらね」

とにやにや笑った。

とにかく、紹介《しょうかい》する本を決めなくちゃ。そして、ぜったいにチャンプ本を勝ち取る！　あたしはそう自分に言い聞かせた。

月曜日の昼休み、あたしが図書館に行くと、新井《あらい》先生に声をかけられた。

「北原《きたはら》さん、ビブリオバトル、参加してくれるっていってたわね」

「もちろんです！」

「じゃあ、この申しこみ用紙に、名前を書いてくれる？」

「はい。あの、メンバー、増《ふ》えたんですか」

「北原《きたはら》さんいれて、四人よ。これで、楽しくできそうね」

「ほかにだれが参加するんですか？　六年生の上山《うえやま》くん、参加するっていってましたよね」

「そうね。上山《うえやま》くんのほかは、宮本《みやもと》さんと、和田《わだ》くんよ」

「ほんとですか？　陽人《はると》が？」

歌音《かのん》はまだわかるとして、陽人《はると》が参加するなんて。

「和田《わだ》くん、いちばん最初に正式に申しこんできたわよ」

「ええ？　うそみたい！」

と思わず叫《さけ》んでしまった。当番の時以外、めったに図書館に来ないのに。それどころか、当番だって時々さぼる陽人《はると》がやりたいというなんて、びっくりだ。

「瑠衣《るい》は、何かいってきました？」

「堀之内《ほりのうち》さんは、気が進まないんですって」

「やっぱり……」

「無理強《むりじ》いはできないものね。聞くだけでもどう？　ってさそったんだけど、だめだったわ。でも、聞くだけ参加、つまり観戦するという図書委員もいるから、楽しみね。一組の林《はやし》さんは、聞くだけでもいいんですよね、ってわざわざ確認《かくにん》に来たわよ。投票はするのよ、って話したけど」

あたしは、林純夏《はやしすみか》の顔をちらっと思いうかべる。おとなしい子で、委員会でもめったに発言しない。今まで同じクラスになったこともないので、ほとんど話したことはないが、瑠衣《るい》に負けないぐらい本好きらしい。図書日誌《にっし》の字がすごくきれいな子だ。

「堀之内《ほりのうち》さんにも興味《きょうみ》は持ってほしいから、北原《きたはら》さんも気に留《と》めておいてね。できれば、一人でも多くの人がやりたいって思った上で、来年度のイベントにつなげたいから。じゃあ、ビブリオバトル、がんばってね」

「はい！　がんばります！」

と元気よく答えた。

新井《あらい》先生は、にっこり笑うと、

「ビブリオバトルは、ライブ感を大事にするから、原稿《げんこう》を読むのはだめなのだけれど、でも、最初からうまく話すのもむずかしいでしょ。だから、話そうと思うことを書き出してみるのもいいわね。ちょっとしたメモなら、見てもいいのよ」

と、アドバイスをしてくれた。

チャンプ本を勝ち取るためには、まず、しっかり本を選ばなければ。

あたしは、物語の棚《たな》のところをうろうろ歩きながら、本を探《さが》した。その時、ふと、部屋のすみに、だれかいるのが見えた。歌音《かのん》だった。部屋のすみにあるいすに座《すわ》って、一心に本を読んでいる。ひょっとして、ビブリオバトルに使う本だろうか。なんの本を読んでいるのか気になってあたしが近づいていくと、歌音《かのん》が顔を上げた。目が合ったので笑いかけたけど、見たのはあたしじゃなくて時計だったみたい。つられてあたしもふり返る。午後の授業《じゅぎょう》が始まる時間が迫《せま》っていた。

「教室、そろそろもどらなきゃね」

歌音《かのん》が読んでいた本を棚《たな》にもどした。それは、『ジュニアエラ』という雑誌《ざっし》だった。ということは、ビブリオバトル用ではないみたい。並《なら》んで歩きながら、聞いてみた。

8
9
9

「あれ、おもしろい雑誌《ざっし》なの？」

「まあまあかな。その時々のニュースがわかるし。今、もどしたのは、ノーベル賞の特集号だったんだよ」

「へえ？　ノーベル賞とか、興味《きょうみ》あるんだ」

「だって、去年、日本の人が受賞したでしょ」

そういえば、去年の秋ごろ、ニュースになっていたっけ。たしか、理科系《けい》の賞だったような……。すごいとは思ったけど、すぐに忘《わす》れてしまった。でも、理科好きの歌音《かのん》はちがうみたいだ。

「ねえ、歌音《かのん》はビブリオバトルの本、決めたの？」

「もちろん、もう決めたよ」

うーん、おくれを取ってるかも。

その日、家に帰ってから、あたしはおばあちゃんの部屋に行った。

「本、探《さが》していい？」

「あら、まだ、決まらないの？　ビブリオバトルの本」

「うん。なんかいいのないかな」

あたしは、本棚《ほんだな》に近づいていった。おばあちゃんの部屋には大きい本棚《ほんだな》が二つあって、そのうちの一つは子どもの本専用《せんよう》だ。

棚《たな》の上から順にながめていくうちに、ふと目についた本があった。タイトルは『リンゴの丘《おか》のベッツィー』。抜《ぬ》き取《と》ってみると、リンゴをかじる女の子と、犬の絵。そして、本の帯には、こんなことが書いてあったのだ。

〈『赤毛のアン』と並《なら》んで、百年近く読みつがれてきた名作古典。〉

これ、いいかも。だって、『赤毛のアン』も古い本だけど、今も人気があるし、あたしもけっこう好き。外国のものがイマイチだという瑠衣《るい》も、『赤毛のアン』と『若草物語《わかくさものがたり》』は好きだといってたし、それに……。

去年、幸哉《ゆきや》くんと貸《か》し出《だ》し当番がいっしょになった時、ちょうど返却《へんきゃく》された『赤毛のアン』を見せながら、「こういう本は、男子はあんまり読まないんですか?」って聞いたことがある。そしたら、幸哉《ゆきや》くんは、「そうともかぎらないよ。ぼくは『赤毛のアン』とか、おもしろいと思ったよ」といった。とすれば、この本も気に入ってくれるかも。それに、『赤毛のアン』ほどは有名じゃないから、読んでいる人もあまりいないかもしれない。

この本を、あたしがビブリオバトルで発表して、幸哉《ゆきや》くんが、チャンプ本に選んでくれて、すぐに読みたいっていって、それから、感想をいいあったりしたら、楽しいいな……。

「おばあちゃん、この本、どうかな？」

「ああ、ベッチイのおはなしね。それはまだ読んでないのよ」

「え？」

「昔、わたしが子どものころ、『ベッチイ物語』という題名で出ていたのよ。その新訳が出ているのをたまたま見つけて、なつかしくなって買ったの」

「おもしろいかなあ」

「おもしろいと思うわよ。百年前に書かれたのに、アメリカの暮《く》らしは豊《ゆた》かだったんだなって思った記憶《きおく》があるわ」

「借りていい？」

「もちろん。がんばってね」

あたしは、さっそく読み始めた。昔の、それも外国の話なので、最初はちょっと入りこめなかったけれど、読んでいるうちに、だんだんおもしろくなってきた。いやな感じの子も出てこないし、主人公のベッツィーが、少しずつ、田舎《いなか》の暮《く》らしに慣《な》れていくのが楽しいし、リンゴを使った食べ物もおいしそう！　これなら、うまく話せるし、幸哉《ゆきや》くんにも興味《きょうみ》を持ってもらえそうだ。

でも、どんなふうに伝えたらいいのだろう。

あらすじ全部いったら、読みたいって思わなくなるかもしれない。そこは、ブックトークと似《に》ている。ブックトークって、それからどうなるんだろう、って思うところで、話が終わるから、続きが知りたくなる。

じゃあ、ビブリオバトルの場合は、どうしたらいいのかな。あらすじは、初めのほうだけにして、あとは？　おもしろいとばかり繰《く》り返したってしょうがないし。

みんなはどんなふうに話すのだろう。幸哉《ゆきや》くんは、六年生だし、頭もいいし、話がうまそうだ。歌音《かのん》も、きちんとした話ができる子みたい。なんて考え出すと、自信がなくなってくる。でも、がんばらなくちゃ。ぜったい、うまく話してみせる。チャンプ本に選ばれるために。そうだ、新井《あらい》先生が、書き出してみるといいっていってたっけ。

あたしは、メモ帳を出すと、話そうと思うことを書き出した。

それから、おばあちゃんに聞いてもらった。おばあちゃんは時計係をしてくれながら、

「いいんじゃない？　わたしも、ちゃんと読んでみたくなったわ」

といった。

「ほんと？」

おばあちゃんは、ぱらぱらと本をめくりながら、またいった。

「女の子のさし絵がかわいいから、さし絵の話なんかも、してみたらいいわね。なんかだんだん思い出してきたわ。たしか、食べ物がいろいろ出てこなかった？」

「うん。アップルソース作るシーンとか、楽しそうだった」

「そういうのを話してみたら？」

「そのアイディア、いただき！」

「瑠衣《るい》ちゃんは、どんな本を紹介《しょうかい》するのかしらね」

「瑠衣《るい》はね、ビブリオバトル、やりたくないんだって」

「あら、そうだったの?」

「チャンプ本とか決めるのがいやだっていってる」

「うーん。その気持ちも、ちょっとわかるわね」

「でも、あたしは、瑠衣《るい》にも参加してほしいんだけどな」

「友だちだものね。でも、無理強《むりじ》いはだめよ。人にはいろんな考え方があるんだから」

あたしは、わかってるよ、というふうに口をとがらせた。

3

意外な結果

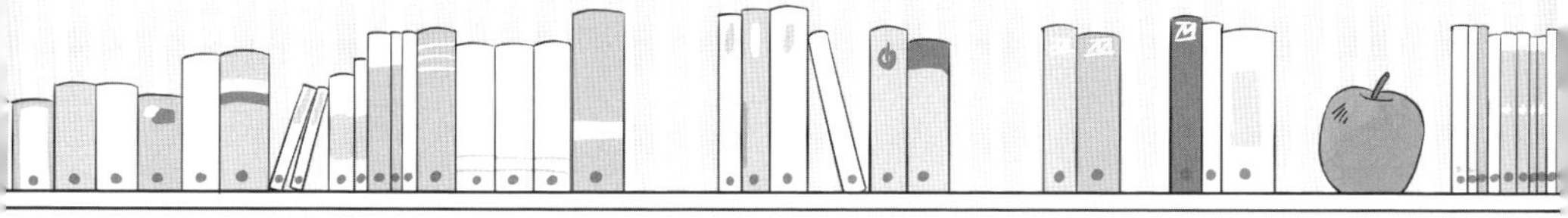

いよいよ、第一回目のビブリオバトルの日が来た。

一月最後の金曜日の放課後、集まったのは、図書委員十人。十人中、バトルに参戦するのは四人だ。瑠衣《るい》や、受験生の美彩《みさ》さんは来ていないが、「おれ、やんないから」と真っさきにいった佑《たすく》は、なぜか来ていた。

「まあ、ひまだし、どんなもんか、ちょっと見に来ただけだけどな」

いい方は、やっぱり上から目線だ。

いちばん大きなテーブルのまわりにいすを並《なら》べる。みんなから見える場所に、パソコンが置いてある。パソコンの画面で、タイマーを表示させるのだそうだ。

司会の新井《あらい》先生は、あらためてビブリオバトルのやり方を説明したあとで、こんなことをいった。

「今回のように観戦者がいるビブリオバトルをイベント型といいます。その場合、チャンプ本以外の結果を公表しないことが多いのですが、参加者は図書委員だけですし、ビブリオバトルのしくみを知ることも大切なので、全体の結果の発表もします。ただし、チャンプ本に選ばれた本がいちばんすばらしいというわけではありません。あくまで自分が読みたいと思ったかどうか、だから。ビブリオバトルのおもしろいところは、本が同じでも、参加するメンバーが替《か》わったら、まったくちがう結果になったりすることですからね。それから、発表が上手だったかとか、イマイチだったとかも、関係ないということも忘《わす》れないでください」

先生のお話のあとで、発表の順番を決めるために、番号くじを引いた。

最初は、なんと幸哉《ゆきや》くん、次に歌音《かのん》、あたし、陽人《はると》の順。

「じゃあ、いちばんバッターは、上山幸哉《うえやまゆきや》くんです。用意はいいですか？」

「はい」

「では、どうぞ」

という先生の声と同時に、チンと開始のベルが鳴って、パソコンの数字が動き出す。二分五十九秒、五十八秒……。

幸哉《ゆきや》くんが口を開いたのは、三、四秒たってから。なんだか、緊張《きんちょう》しているみたい。あたしは、心の中で、がんばれ、と声援《せいえん》を送った。

「えーと。ぼくたち、当たり前みたいに、作文とか、書いてますよね。その時の、気持ちとか。ぼくたち、きらいな人もいるかもしれないけど。でも、文字って便利だな、って思う。けど、もしも、字が書けなかったら？　それだけじゃない。字を覚えることを禁止《きんし》されたら？」

その時、あたしは、あれ？　と思った。最近、どこかで聞いた話だ。

「ぼくが今日、紹介《しょうかい》する本は、そんな女の子の物語です」

幸哉《ゆきや》くんが、おもむろに取り出したのは、『クロティの秘密《ひみつ》の日記』だった。

あたしは思わず、うそぉ！　と叫《さけ》びそうになった。この前、おばあちゃんにすすめられた本だ！

もうほかの人の発表なんて聞かなくても、あたしは、幸哉《ゆきや》くんを選ぶ！　そう決めた。

幸哉《ゆきや》くんの声は、だんだん落ち着いてきた。あたしが、心の中で送っていた声《せい》援《えん》が届《とど》いたからかも。

「奴隷《どれい》労働をさせられていた黒人たちは、文字を覚えることが禁止《きんし》されていたんです」

幸哉《ゆきや》くんの言葉に、初めて、字が使えないってどういうことだろうって考えてみた。字を知らなければ、本も読めない。手紙も書けない。でも、当たり前に字を使っているあたしには、どうしても想像《そうぞう》ができない。

それにしてもひどい話だ。字を覚えることを禁止《きんし》されて、覚えようとしているのがばれたら、ムチで打たれてしまうなんて……。

だけど、クロティは、がんばった。そして、字を覚えるということには、深い意味があることにも気づいていく。そうか、字を知らないでいたら、大事な書類も読めない。うそをつかれて、まちがってサインしたり、だまされたりしてしまうこともある。だから、奴隷《どれい》の主人は、奴隷《どれい》たちが字を覚えることを禁《きん》じたのだ。

あたしは、どんどん幸哉《ゆきや》くんの話に引きこまれていった。でも、残りの時間が少なくなって、幸哉《ゆきや》くんは、だんだん早口になっていった。そして……。

「ぼくが、この本を最初に読んだのは、夏休みでした。今回、また読み直してあ

erica
of Freedom
02:03

ることに気がついたんです。この本は、差別のこととか、人の権利《けんり》とか、とても考えさせられることがいろいろ書いてあります。でも、それだけじゃない。ぼくは、クロティという女の子から、勇気をもらった、そんな気がしたのです」

幸哉《ゆきや》くんがそこまで一気にしゃべった時、終了《しゅうりょう》を知らせるベルがチーンと鳴った。よかった、なんとかうまくまとまったみたいだ。あたしはほっと胸《むね》をなで下ろした。

「では、上山《うえやま》くんに、何か質問《しつもん》がある人、いますか」

「はい！」

あたしは、勢《いきお》いよく手を上げた。幸哉《ゆきや》くんと目が合った。

「北原《きたはら》さん、どうぞ」

手を上げたものの、あたし、何を聞きたいんだっけ？

「あのう……その本、けっこう厚《あつ》いけど、あたしでも、読めますか」

あちこちからくすくすっと笑い声がおこった。そうだよなあ、自分でもまぬけな質問《しつもん》をしてしまった気がする。

「北原《きたはら》さんなら、読めると思うよ」

幸哉《ゆきや》くんはにっこり笑ってそういってくれた。やっぱり、すてき！

二番手は、となりのクラスの歌音《かのん》だ。

新井《あらい》先生の、どうぞ、という声とともに、歌音《かのん》が口を開く。

「日本は地震《じしん》が多い国です。大きな地震《じしん》は、一瞬《いっしゅん》で建物なんかもこわしちゃうから、こわいですね」

地震《じしん》？　歌音《かのん》はどんな本を紹介《しょうかい》するのだろう。

「えーと、あたしが選んだ本は『地震《じしん》のはなしを聞きに行く』という本です」

歌音《かのん》が、二人の女の人が描《か》かれた本の表紙を見せる。

「これは、二〇一一年の、東北沖《とうほくおき》を震源《しんげん》とする大地震《じしん》に関係のある本です。あの時、あたしは保育園《ほいくえん》にいました。そして、本を読んでいるうちに、地震《じしん》のことがよみがえってきました」

そういわれて思い出した。あのころ、あたしは瑠衣《るい》と同じ保育園《ほいくえん》に通っていた。地震《じしん》がこわくて泣き出しちゃった子がいて、瑠衣《るい》はその子のことをぎゅっと抱《だ》いてあげていたっけ。瑠衣《るい》って小さい時からしっかりしてたんだな。

「でも、ちょっと不思議なタイトルだなって。地震《じしん》の話を聞きに行くって、なんだろう。えーと、この本には副題があります。それは、父はなぜ死んだのか、です」

あ、なんかやな予感。悲しい話なのかな。あたしは少し身構《みがま》えた。悲しい話とか、つらい話って、苦手なのだ。

でも、そうではなかった。この本を書いたのは、宮城県気仙沼市《みやぎけんけせんぬまし》というところに住んでいた女の人で、東日本大震災《ひがしにほんだいしんさい》でお父さんを亡《な》くした。そして、なぜ、お父さんが死ななければならなかったのか、地震《じしん》とはどういうものなのかを、仙台《せんだい》で地震《じしん》を経験《けいけん》したイラストレーターといっしょに、専門家《せんもんか》に聞きに行くという本だった。なんだ、物語ではないんだ。あたしはちょっとがっかりした。

「この本のところどころには、マンガが入っていて、それがおもしろいです。えーと、あと、おもしろいのは、過去《かこ》の地震《じしん》の記念館みたいなところに二人で行くのだけど、特に、二十年以上前の阪神淡路大震災《はんしんあわじだいしんさい》という大きな地震《じしん》のあとにできた、えーと、野島断層保存館《のじまだんそうほぞんかん》は、おもしろいです。震度《しんど》七が体験できるんです。あと、気仙沼市《けせんぬまし》にある津波体験館《つなみたいけんかん》もおもしろそうです。あと、えーとえーと、本の後ろに、いろんな場所のリストもついてるし、「非常《ひじょう》もちだし品チェックリスト」もあるのがおもしろいです。それから、一つだけおもしろいことを教えてあげます。非常《ひじょう》持ち出し用の袋《ふくろ》は、玄関《げんかん》にぶら下げる。なぜか？　それは本を読むとわかります」

歌音《かのん》は、すごい早口でまくしたてたけど、おもしろいという言葉を何度も連発して、ちょっと聞きづらかった。日ごろは落ち着いて見える歌音《かのん》も、緊張《きんちょう》してたみたいだ。でも、最後はうまいと思った。答えは本を読めばわかるといわれたら、どうしても気になってしまう。

ディスカッションタイムでは、観戦していた六年生の図書委員から、

「いろんな場所のリストっていいましたけど、なんの場所ですか」

という質問《しつもん》が出た。そこはあたしも聞いてみたかったところだ。

「あ、ちゃんといってなかった。えーと、地震《じしん》とかの記念館やビジターセンターです」

ほかの子たちの様子を見ると、何人かが少し身を乗り出すようにして、本を見ようとしていた。けれどあたしは、地震《じしん》の話なんてむずかしそうだし、あんまり読みたいとは思わなかった。

ほかにいくつかやりとりがあって、歌音《かのん》の発表は終わった。

いよいよあたしの番だ。

あたしは、前の二人とちがって、いきなり本を見せた。

「えーと、あたしのおすすめは、この『リンゴの丘《おか》のベッツィー』という本です。書いた人は、えーと、アメリカ人です。それも、今の人じゃないです。この本が書かれたのは、百年前なんです。主人公は、題名になっている、ベッツィーという女の子。両親が亡《な》くなって、都会に住んでいる大おばさんに引き取られて、あとフランシスおばさんって人と三人で暮《く》らします。ところが、っていうと、かわいそうな目にあうとか、って考えるかも。でも、ぜんぜんそうじゃないんです。っていうか逆。すんごく大事に、過保護《かほご》に育てられるんです。けど、大おばさんが病気になっちゃって、田舎《いなか》の農場の家に引き取られます。そこも親戚《しんせき》なんです。過保護《かほご》で暮《く》らしたために、何も自分でできなかったベッツィーなんだけど、こっちでは、いろいろ自分でやらなくちゃいけないんです。それに、学校も、今までのとことはぜんぜんちがってとまどっちゃう。それでも、ベッツィーは少しずつ、農場の暮《く》らしに慣《な》れていきます。そして、いろんなできごとがおこります」

　そこまで話してから、あれ、なんかあたし、あらすじ、ずっとしゃべってるって思った。これじゃあ、ネタばれになっちゃうし、この本のおもしろさ、伝わらない。ちらっとパソコンを見ると、まだ、一分しかたってなかった。どうしよう、何を話したらいい？

　そうだ、メモ。あたしは、手の中ににぎっていた紙をそっと開く。

「えーと、この本で、おもしろかったのは、田舎《いなか》の暮《く》らしがす

てきなことです。あと、バターを作るシーンとか楽しくて、アップルソースもおいしそう。それから、昔の物語なのに、ベッツィーの気持ちとか、わかるっていうか。いやな人とか、いじわるな子とかは、出てきません。じゃあ、たいくつかっていうと、そんなことなくて、あの、あたしがいちばん、どきどきしたのは、十キロ以上離《はな》れた場所に行って、手ちがいから、モリーっていう妹みたいにかわいがってた子と二人で、置きざりにされちゃうんです。どうしたら、無事に家に帰れるのか、そこがいちばんどきどきでした。それから、さし絵もすてきです。あたしがいちばん好きなのは、ここです」

あたしは、本を開いて、農場の家のキッチンが描《か》かれた絵を見せた。

「すてきだなと思いました。村の小さな学校の絵も好きです」

純夏《すみか》がのぞきこむように見ているので、ちょっとうれしくなった。

「百年前の物語ですが、読みやすかったです。それに、この本の帯には、『赤毛のアン』と並《なら》んで、読みつがれてきたって書いてあります。だから……」

といいかけたところで、チーンとベルが鳴った。あーあ、もう少し話したかったのに。

「じゃあ、質問《しつもん》がある人、どうぞ」

新井《あらい》先生の言葉に、なんと幸哉《ゆきや》くんが手を上げた。

「『赤毛のアン』と並《なら》んで読みつがれたということですが、『赤毛のアン』はたくさん続編《ぞくへん》があります。その物語にも続編《ぞくへん》があって、主人公は、だんだん大人になっていくんですか？」

「続きは……。あとがきに書いてなかったので、たぶんないと思います。この本では小学校三年生のままです」

あたしはあまり自信がなかったけど、そう答えた。でも、幸哉《ゆきや》くんが質問《しつもん》してくれたことはすごくうれしかった。質問《しつもん》したということは、本に興味《きょうみ》を持ったということだ。もしも、幸哉《ゆきや》くんが、この本を選んでくれて、で、チャンプ本になって、すぐに幸哉《ゆきや》くんが借りて、そうしたら、あたしにきっと感想をいってくれる。それで、もり上がれるかも……。

「最後は、和田《わだ》くんですね」

新井《あらい》先生の言葉に、はっとして、あたしは席にもどった。それからすぐに、陽《はる》人《と》が話し出す。

「えーと、ぼくは本があまり好きじゃないです。じゃあ何が好きかというと、やっぱ、スポーツ！　自慢《じまん》じゃないけど、スポーツならたいていのものは得意。ところが、こんなぼくにも弱点があった！　それがなにかというと、なんとサッカー。別に球技《きゅうぎ》が苦手なんじゃないんだけど、ただ、サッカーが、ほかの競技《きょうぎ》に比《くら》べてイマイチ。人気スポーツなのに、くやしいじゃないですか！　サッカーうまいほうが、女子ウケもよさそうだし。そんな時、出会ったのがこの本！　じゃーん！」

ちょっと大げさな口調でいってから、陽人《はると》が見せたのは、『運動が得意になる！　体育のコツ絵事典　かけっこから鉄ぼう・球技《きゅうぎ》まで』という本だった。陽《はる》人《と》は、サッカーの中でもパスを受け止めるのが苦手だったけれど、この本の、ボールの勢《いきお》いを止めるコツを読んで、だいぶうまくできるようになったという。そんなわけで、今では、大得意ではないけれど、まあまあ得意なまでになったと語った。

その話しぶりがおもしろかった。最初、陽人《はると》が選ぶ本なんてたいしたことないと、軽く見ていたあたしも、いつの間にか、引きこまれて聞いていた。

「……しかも、この本のいいところは、絵事典ってこと。絵がたくさん描《か》いてあるから、読むのが苦手な人でもわかる。それから、この本見て、ぼくが得意なスポーツでも、苦手な人はここができてなかったんだな、って納得《なっとく》したから、得意な人はますます得意になること、まちがいなし！　もちろん、苦手な人は、ぜったい参考になるよ。走ること、なわとび、マット、とび箱、水泳、球技《きゅうぎ》と並《なら》べると、みんな、ちょっとぐらい苦手があるよね。そんな人は、ぜひ読んでください。ところどころに書いてあるコラムもおもしろかったよ」

陽人《はると》の発表への質問《しつもん》は多かった。あたしも、連続二重とびをする時のコツとか、聞いてみたかったけれど、聞くのもしゃくだからだまっていた。

こうして、すべての発表が終わって投票タイムになった。自分の本には投票できないから、残りの三冊《さつ》から選ぶことになる。でも、あたしが何に投票するかはすぐに決まった。たしかに、陽人《はると》の発表はおもしろかった。授業《じゅぎょう》中は、そんなに発言しない陽人《はると》だから、ちょっとびっくりした。けれど、陽人《はると》に投票するのって、芸人を選ぶみたいな感じがしたし、事典なんて、ちょっとちがうと思った。

地震《じしん》の本も、あんまり興味《きょうみ》がない。やっぱり、『クロティの秘密《ひみつ》の日記』だ。なんといっても、幸哉《ゆきや》くんが読んだ本だもの。

あたしたちもふくめて、十人の図書委員が、番号を書いた紙を先生にわたした。

その結果は……。

①『クロティの秘密《ひみつ》の日記』 二票
②『地震《じしん》のはなしを聞きに行く』 二票
③『リンゴの丘《おか》のベッツィー』 二票
④『運動が得意になる！ 体育のコツ絵事典』 四票

なんと、チャンプ本は陽人《はると》が紹介《しょうかい》した本だった。正直いって、うっそー、って思った。あの本ぎらいの陽人《はると》がチャンプ本を勝ち取るなんて！

ちょっとというか、かなりくやしい。

「どうだった、みんな。おもしろかったかしら？」

新井《あらい》先生が聞いた。

「おもしろかった！」

真っさきにいったのは、陽人《はると》。そりゃあそうだろう。自分がすすめた本が、チャンプ本に選ばれたのだから。

「おもしろかったけど、やっぱり発表ってむずかしい」

といったのは歌音《かのん》。

「じゃあ、宮本《みやもと》さんは、もうやりたくない？」

「まさか。次はリベンジです！」

歌音《かのん》の言葉に、あたしもうなずく。次は、ぜったいに勝つ！

「先生、二回目は、バトラーも十人ぐらいいたほうがいいと思います！　もっと宣伝《せんでん》しましょう！」

あたしは、新井《あらい》先生にいった。

「宣伝《せんでん》ってどうすんだよ」

と陽人《はると》。

「えーと、今日参加した人が、一人ずつさそうとか。二月なら、まだ六年生だって、もっと参加できると思います！」

「そんなの、むりだよ」

と、少しあきれたような顔で佑《たすく》がいった。あんたには聞いてないよ、っていいそうになるのをがまんして、ちらっと幸哉《ゆきや》くんを見た。すると、幸哉《ゆきや》くんが、口を開いた。

「ありがとうございます！」

「北原《きたはら》さんの、みんなをさそいたいという気持ちは、大事だと思うよ」

「でも、やっぱり、バトラーは、五人ぐらいでいいんじゃないのかな」

「そうね。時間もかぎられているし。でも、観戦者なら、増《ふ》えても大丈夫《だいじょうぶ》よ」

そういったのは、新井《あらい》先生。それから、みんなを見回して、

「どうだった？　ほかに、今日、何か感じたこと、あったかしら」

と聞いた。

「発表した本の中に、物語が二冊《さつ》しかないなんて、びっくりしました」

あたしがいうと、新井《あらい》先生もうなずいた。

「わたしも、ちょっと意外だったわ。貸《か》し出《だ》しがいちばん多いのは、物語だから」

「やっぱり、おもしろいのは、物語だよね。本だってたくさんあるし」

「でもね、北原《きたはら》さん、物語以外にも、おもしろい本はあるのよ」

「ええ？　でも、理科の本とかって、なんだか調べ学習みたいな気がしちゃう」

あたしは、ちょっと口をとがらせていった。読書っていったら、やっぱり物語だ。幸哉《ゆきや》くんだって、そう思ってるはず。その証拠《しょうこ》に、物語の本を紹介《しょうかい》したもの。

みんなが、紹介《しょうかい》されたそれぞれの本を実際《じっさい》に見ている。あたしも、『地震《じしん》のはなしを聞きに行く』を、いちおう開いてはみた。でも、ぱらぱらと見ただけでつくえにもどした。すると、すぐに手に取ったのが、佑《たすく》だった。

「おれ、これ借りる」

へえ？　佑《たすく》は、こういう本、好きなのかな。けど、そんなことより、早く『クロティの秘密《ひみつ》の日記』を読みたい。帰ったら、おばあちゃんに借りなくちゃ。

ふと顔を上げると、純夏《すみか》が『リンゴの丘《おか》のベッツィー』を手にしているのが見えたので、そばに寄《よ》って聞いてみた。

「興味《きょうみ》ある？」

「学校の様子がちがっていて、とまどったっていうのが気になって」

「ああ、それ。おもしろかった。町の学校は人数も多かったのに、そこは全校で

十二、三人ぐらいで、校舎《こうしゃ》も小さいの。ちょっと貸《か》してね」
あたしは、純夏《すみか》から本を受け取って、校舎《こうしゃ》を描《か》いたさし絵を見せる。

「ほら、かわいい学校でしょ。ベッツィーは四角い大きな建物探《さが》してるから、気がつかないで通《とお》り過《す》ぎちゃうの。それと、ね。ベッツィーは三年生なんだけど、朗読《ろうどく》は七年生の本を読むようにいわれたり、反対に算数は二年生の九九の暗唱をやりなおしなさいっていわれたり。そういうのが、おもしろかったよ」

「じゃあ、今度読んでみようかな」

すると、新井《あらい》先生が、図書館の『リンゴの丘《おか》のベッツィー』を持ってきてくれた。でも、その本には帯がなかった。

「そっか、帯がないと、『赤毛のアン』と並《なら》んで、読みつがれてきたっていうのが、わからないね」

歌音《かのん》の言葉に、幸哉《ゆきや》くんがうなずいた。

「図書館の本は、帯がないのが残念だね」

あたしたちが、ちょっとの間、帯のない図書館の本と、おばあちゃんの本を並《なら》べて比《くら》べていると、横から陽人《はると》が口をはさんだ。

「そういう本、女子向きだよな」

「まあ、表紙はそうかもしれないけれど、だれが読んだっていいと思うよ。どんな本だって」

と、幸哉《ゆきや》くんがきっぱりいってくれた。さすが幸哉《ゆきや》くん！　ますます好きになっちゃいそう！

「チャンプ本選ぶの、けっこう大変。すごく迷《まよ》った」

ぽつりといったのは、観戦した六年生の図書委員だ。そうかな。あたしはすぐに決まったけど。でも、うなずいている子たちもけっこういる。

それにしても、『リンゴの丘《おか》のベッツィー』を選んでくれたのは、だれだろう。

二人のうち一人が、幸哉《ゆきや》くんだったら、すごくうれしいんだけどな……。


週明けの月曜日のこと。

朝、校門の前で、幸哉《ゆきや》くんに後ろから声をかけられた。

「おはよう、北原《きたはら》さん。ビブリオバトル、楽しかったね」

朝から顔見られるなんて、ついてる！

「はい！　あ、でも、陽人《はると》が勝つなんて、くやしい」

「陽人《はると》じゃないよ。人じゃなくて、本、だろ」

「そうでした」

あたしはぺろっと、舌《した》を出した。ちらっと幸哉《ゆきや》くんを見る。紺《こん》のダッフルコートの中は、チェックのシャツ。そういえば、幸哉《ゆきや》くんはチェック柄《がら》の服をよく着てるみたいだ。

「北原《きたはら》さんが紹介《しょうかい》した『リンゴの丘《おか》のベッツィー』、陽人《はると》は女子向きとかいってたけど、ぼくは、おもしろそうだって思ったよ」

「ありがとうございます！　あ、そうだ」

あたしは、手さげカバンから、『クロティの秘密《ひみつ》の日記』を取り出した。

「これ、読んでるんです」

「あ、うれしいな。図書館のじゃないみたいだけど、買ったの？」

「おばあちゃんの本なんです。おばあちゃん、児童センターで図書ボランティアやってるから、子どもの本のこと、たくさん知ってるの」

「へえ、そうだったんだ」

「あたし、これに投票したんですよ」

「それは、ありがとう」

にっこり笑った幸哉《ゆきや》くんの笑顔《えがお》は、やっぱりすてき。でも、幸哉《ゆきや》くんが何を選んだのかは、こわくて聞けない。『リンゴの丘《おか》のベッツィー』をおもしろそうだとはいってくれたけれど……。

「二月の時は、参加する人が増《ふ》えるといいね」

「あたし、がんばってさそいます！」

そんなふうに話しながら校門をくぐり、昇降口《しょうこうぐち》までいっしょに歩いた。なんて幸せな朝だろう。

あたしは、うれしくて舞《ま》い上《あ》がりそうだった。なんか走り出したい気分。って走るわけにいかないけど。上ばきに替《か》えてから軽やかにろうかを歩いていると、瑠衣《るい》が小走りに近づいてきた。

「おはよう。瑠衣《るい》、どうしたの？　あわてて。まだ時間大丈夫《だいじょうぶ》だよ」

「あわててなんかないよ。後ろから何度も呼《よ》んだのに、柚希《ゆずき》ってば、行っちゃうんだもん」

「ええ？　気がつかなかった」

「なんか、機嫌《きげん》いいね。ビブリオバトル、うまくいったの？」

「それがさ、チャンプ本、陽人《はると》だよ」

「ほんと？　それは、びっくりかも。あの陽人《はると》が？　いったいどんな本紹介《しょうかい》したの？」

「『運動が得意になる！　体育のコツ絵事典』っていう本。たしかに、発表はおもしろかったよ。それに、陽人《はると》が本に関心を持ったのだから、まあいいかなって感じ」

「本に？　どうかなあ、ゲームが好きなだけなんじゃないの？　絵事典って、読書っていえない気がするけど」

と、瑠衣《るい》はちょっと辛口《からくち》なことをいった。

4 新井《あらい》先生のブックトーク

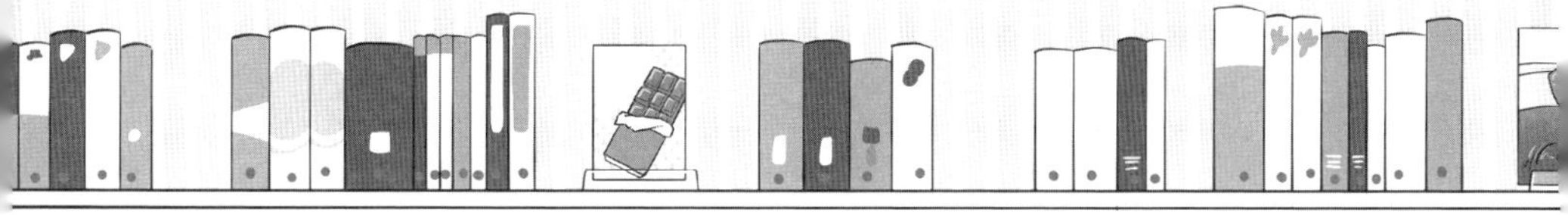

今日から二月。月が変わったので、おすすめ本も入《い》れ替《か》わった。今月は、バレンタインデーにちなんで、チョコレートに関係のある本が並《なら》んでいる。

放課後、瑠衣《るい》といっしょに図書館にいって、おすすめ本をチェックした。このコーナーでは、何冊《さつ》かの本を、「面出《めんだ》し」といって、本の表紙が見えるように並《なら》べてある。

「たくさんあるね。あ、この『チョコだるま』、前に、妹に読んであげたな」

瑠衣《るい》が絵本を手に取っていった。あたしはその本は知らなかった。描《か》いたのは真珠《しんじゅ》まりこという人だ。

「それ、『もったいないばあさん』の人じゃない？」

「そうだよ」

「あ、この『チョコレート工場の秘密《ひみつ》』、前に読んだ気がする」

あたしが指さしたその本の作者は、ロアルド・ダールという人。まだそんなに本が好きじゃなかったころだけど、おばあちゃんにすすめられて読んだ記憶《きおく》がある。

そのとなりにある『チョコレート・アンダーグラウンド』というチョコレート色の厚《あつ》い本を手に取って表紙をめくった。

「へえ、『選挙で勝利をおさめた〈健全健康党《けんぜんけんこうとう》〉は、なんと〈チョコレート禁止法《きんしほう》〉を発令した！　国じゅうから甘《あま》いものが処分《しょぶん》されていく……』だって。おもしろそうだけど、こんな厚《あつ》い本、読めるかなあ」

あたしがつぶやくと、後ろから声がした。

「アレックス・シアラーは、おもしろい物語をたくさん書いてるよね」

幸哉《ゆきや》くんだ。ふり返るとすぐそばに立っている。わあ、距離《きょり》近い。そのとたん、胸《むね》がきゅんとなった。

チョコレートの本って、けっこうあるものだ。『チョコレート戦争』『銃《じゅう》とチョコレート』。絵本も『チョコレータひめ』『こねこのチョコレート』『チョコレートだいすき！』などなど。物語だけじゃない。『チョコレートの大研究』という本は、チョコレートの原料や種類、歴史のことなどが書いてあるらしい。

いちばんあたしの目を引いたのは、『はじめてのチョコレート――作《つく》って楽しい！　食《た》べておいしい！　もらってうれしい！――』。だって、やっぱりバレンタインデーに、手作りのチョコとか作れたらいいかな、って思うから。そして、手作りチョコを幸哉《ゆきや》くんにプレゼントする！

おすすめ本のコーナーは、ふだん以上に女子に人気だった。低学年の子たちへの読み聞かせにも、チョコレート関係の絵本を使ったりした。

新井《あらい》先生のブックトークが行われたのは、バレンタインデーの数日前だった。今回は高学年向けのイベントで、四年生以上は、だれでも聞くことができる。図書委員は、ほとんどが参加するけれど、前回のブックトークの時、陽人《はると》は来なかった。今回もいないかなと思って見わたすと、ちゃんと来ていた。でも、六年生の委員は全員そろってないみたいだ。

集まったのは、四十人ぐらいで、いちばん多いのは五年生だった。あたしは、瑠衣《るい》と並《なら》んで、前から二列目のいすに座《すわ》る。いちばん前は、四年生に座《すわ》ってもらうことにしたのだ。あたしのとなりには、一組の図書委員の歌音《かのん》と純夏《すみか》が座《すわ》っている。佑《たすく》と陽人《はると》は、三列目。

あたしはそっと後ろをふり返って、幸哉《ゆきや》くんを探《さが》した。幸哉《ゆきや》くんは、後ろの席の右端《みぎはし》にいた。幸哉《ゆきや》くんのとなりに、図書委員長の美彩《みさ》さん。美彩《みさ》さんは、無事、私立中学に合格したらしい。

「では、二月のブックトークを始めます。もうすぐバレンタインデーですね。もともとは、ずっと昔、ローマの司祭だった聖《せい》バレンタインという人の記念日だそうです。世界各地でこの日、恋人《こいびと》がたがいにおくり物をして愛をちかいあう。日本では、女の人が男の人に告白できる日として、チョコレートをあげるという習《しゅう》慣《かん》が広がってます。最近は、お友だち同士で交換《こうかん》したりもしてますね。チョコをあげるのは、もともとはおかしを作る会社が考え出したイベントだそうです」

と、新井《あらい》先生は、そんな話からしてくれた。聞いていた子たちは、へえ？　というふうにうなずいたりしている。

「さて、バレンタインデーといえば、告白。もちろん、わたしは、いつだって、女子からだって男子からだって、告白していいと思いますが、今日は、バレンタインデーにちなんで、テーマは、いろいろな『好き』です。一冊目《さつめ》は……」

この日、先生が最初に紹介《しょうかい》してくれた本は、『初恋日和《はつこいびより》』という本。小学校六年生の女の子の初恋《はつこい》もの。主人公の子が、手作りのチョコを作る場面があるんだって。それから、『わたしの、好きな人』。これも女子の恋《こい》の物語。ただし、主人公が好きになった人は、ずっと年上のわけありの男の人。三冊目《さつめ》は絵本。認知症《にんちしょう》になってしまった大好きなおばあちゃんのことを描《えが》いた『忘《わす》れても好きだよおばあちゃん！』。外国の絵本だ。四冊目《さつめ》も翻訳《ほんやく》もので、『大好き！　クサイさん』という変わったタイトルの物語。クサイさんは路上生活者《ろじょうせいかつしゃ》なのだという。そして最後に紹介《しょうかい》されたのが『恋《こい》の相手は女の子』という本で、これは物語ではない。作者は女の人で、十代の時、女子を好きになって、だれにも打ち明けられないで苦しんだという自分の体験をつづった本。

なるほど、いろいろな〈好き〉があるなあ、と思った。

ブックトークで紹介《しょうかい》された本は、みんなが借りたがる。あたしは、いちばん早

く、『初恋日和《はつこいびより》』をゲットした！

その日の帰り道のこと。瑠衣《るい》が、

「あたしも『初恋日和《はつこいびより》』、読みたかったな。でも、先に柚希《ゆずき》に取られちゃった」

と、少しくやしそうにいった。

「ええ？　もしかして、瑠衣《るい》も好きな人とか、いるの？　その人にチョコあげるの？」

「あたしは友チョコだけだよ。あれ？　ちょっと待って。今、瑠衣《るい》も、っていったけど、柚希《ゆずき》、バレンタインデーで、チョコあげる男子、いるの？」

「そ、そういう意味じゃないよ」

といいながら、あたしの頭には、しっかりと幸哉《ゆきや》くんの姿《すがた》がうかんでいる。

「なんか、あやしくない？」

「ないない。それよか、ねえ、新井《あらい》先生のお話、おもしろかったね」

あたしはあわてて話題を変えた。

「そりゃあ新井《あらい》先生だもん。やっぱ、ブックトークって、いろんな本、教えてもらえるよね」

「けど、ビブリオバトルも、意外な本、知ることができるよ」

「そうかなあ。みんながてんでんばらばらに好きな本、持《も》ち寄《よ》るだけなんじゃないの？　でも、ブックトークはちゃんとテーマにそってやるでしょ。そこがいいと思うんだよね。それに、ビブリオバトルはいちばんを選ぶでしょ。あたしやっぱり、読書に勝ち負け持ちこむの、いやだな」

「ちがうって。だれかが勝つとかじゃなくて、本だよ。いちばん読みたいって思った本」

「けど、柚希《ゆずき》、陽人《はると》に負けたって、ぜんぜん思わなかったの？」

そういわれると、ちょっとつらい。たしかに、くやしかった。でも、やったあとで、チャンプ本になれなかったから、もうやりたくないなんて、ぜんぜん思わなかった。

「チャンプ本になれなくても、みんな、またやりたいっていってたよ。歌音《かのん》もそういったし。それは、楽しかったからだと思うけどなあ。瑠衣《るい》もやってみようよ」

「うーん、やっぱり気が進まないな」

瑠衣《るい》は、やるとは、いってくれなかった。なんで、チャンプ本を選ぶのをそんなにいやがるのだろう。

二月の図書委員会は、ブックトークの翌日《よくじつ》だった。議題は、月一回発行の《図書館だより》のことと、このあいだのビブリオバトルの反省だ。

ビブリオバトルについては、楽しかったという意見が多かった。

チャンプ本を勝ち取った陽人《はると》が、はりきって、

「やっぱり、図書委員は全員参加したほうがいいと思います」

と発言した。するとすぐに、瑠衣《るい》が手を上げて反論《はんろん》した。

「いろんな考えがあるのに、強制《きょうせい》するのはおかしいと思います。それに、わたしはいちばんを選ぶという考えには、反対です。ビブリオバトルよりも、ブックトークを自分たちでやったほうがいいと思います」

「わたしもブックトークは大好きです。でも、六年生になると、図書の授業《じゅぎょう》の中で、ブックトークをやるから、図書委員会でやらなくてもいいんじゃないでしょうか」

といったのは美彩《みさ》さん。すると、山口《やまぐち》先生が発言をした。

「そうね。来年度も六年生の授業《じゅぎょう》で、ブックトークをやる予定よ。それに、このあいだ、せっかくビブリオバトルを楽しくやれたから、予定どおり続けてみましょう。もちろん、強制《きょうせい》じゃないから、無理に参加しなくてもいいのよ。それから、ブックトークも、ビブリオバトルも、それぞれおもしろいところがあるのだから、三月号の図書館だよりに、ビブリオバトルとブックトークのいいところを書いて、記事にするというのはどうかしら。それぞれ、ここがおもしろい、というのを書くの。これは、五年生の仕事よ。六年生の委員は、今回の図書館だよりが最後になるから、下級生へのメッセージを書いてね」

「じゃあ、ビブリオバトルとブックトークの、ここがおもしろいという記事を、だれか書いてくれますか」

美彩《みさ》さんの言葉に、瑠衣《るい》がすぐに手を上げた。

「ブックトークの記事を書きます」

「すみません。あたしは二月号に、このあいだの、ビブリオバトルの報告《ほうこく》を書いたからはずしてください。しめきりまで短くて大変だったもの」

といったのが歌音《かのん》。

「じゃあ、ビブリオバトルは、陽人《はると》が書けばいいじゃないか」

佑《たすく》がいったが、陽人《はると》はぶんぶん首を横にふった。

「おれ、そういうの苦手。北原《きたはら》に任《まか》せた」

ええ？　あたし？　って思った時、幸哉《ゆきや》くんと目が合った。笑顔《えがお》を向けられて、つい、あたしもにっこり。それで承諾《しょうだく》したと思われたみたい。すぐに山口《やまぐち》先生がいった。

「じゃあ、北原《きたはら》さんに書いてもらいましょう」

なぜか何人かが拍手《はくしゅ》した。そんなあ……。でも、今さら、ことわれそうもなかった。

「では、次に、二月のビブリオバトルをいつにするか、決めたいと思います」

美彩《みさ》さんは、てきぱきと委員会を進めていった。

そして、第二回目のビブリオバトルは、二月二十四日。参戦の申しこみは、その三日前で、先着五人まで、ということが決まった。

その日の放課後はたまたま貸《か》し出《だ》し当番だった。図書館に入ると、カウンターのそばに、幸哉《ゆきや》くんがいた。今日は、幸哉《ゆきや》くんといっしょだったんだ。こんな大事なことを忘《わす》れるなんて！　でも、顔を見たとたんに、一気に力がわいてきた。

「さっきは委員会、おつかれさまでした！」

大声になりすぎないように注意しながら、明るく声をかけると、

「原稿《げんこう》、がんばれよ」

と、笑顔《えがお》を向けられた。この笑顔《えがお》を、見られただけで幸せ！

「はい！　でも……」

あたしは、上目づかいに幸哉《ゆきや》くんを見る。

「どうかしたの？」

「あの、ちょっと相談にのってくれますか？」

「いいよ。ぼくでよければ」

やった！　と内心では叫《さけ》びたいけれど、今は、なやみを抱《かか》えた女の子の顔をしなくちゃ。

「……あたし、ブックトークも、好きなんです」

そういうと、幸哉《ゆきや》くんはくすっと笑った。

「なんだ、そんなこと？　ぼくも、いいと思うよ。両方好きだって」

「そうじゃなくて。瑠衣《るい》……堀之内《ほりのうち》さんにも、ビブリオバトルに興味《きょうみ》持ってほしくて」

「そのために、がんばって原稿《げんこう》書いたらいいんじゃないかな」

「そっか、そうですよね、ありがとうございます！」

「ぼくもメッセージ、書かなくちゃ。さっき、美彩《みさ》とも話してたんだけど、図書館だよりに書くのもこれが最後だもんなあ」

幸哉《ゆきや》くんがぽつりとつぶやく。幸哉《ゆきや》くんは、五年生の時も、前期が学級委員で後期は図書委員だったと聞いた。すごく本が好きで、図書館が好きなんだ。

「いろんな本、借りたな。委員会も楽しかったし」

その声が本当にさびしそうで、あたしまでしんみりしてしまった。

でも、この時、かたく決心した。ぜったい、バレンタインデーに、チョコをあげるって。

5

バレンタインにミニノート

『初恋日和《はつこいびより》』という本に、手作りチョコでしくじるエピソードが出てきた。失敗したので、あとから自分で食べようと思っていたものを、まちがってあげてしまうのだ。そこを読んだ時、あたしもやりそうだな、って思ってしまった。チョコレート作りの本を借りてはみたけど、もともとおかし作りにはあまり興味《きょうみ》がなかったし、手作りチョコを作るのって、けっこうハードル高そうだ。それに、梨那《りな》ネエやパパやママに、チョコをあげたい男子がいるなんて、知られたくない。そんなわけで、手作りチョコはあきらめることにした。

でも、何か手作りしたものをあげたいな……。

ベッドの上に座《すわ》って、あれこれ考えていると、ふと、つくえの上にのっていた小さなノートが、きらりんと光ったような気がした。

「これだよ！」

あたしは思わず声に出して叫《さけ》んだ。それは、読書記録用に作った手作りのミニノート。これを作って、かわいいチョコをそえて、幸哉《ゆきや》くんにあげよう！

ママからもらったルーズリーフは、まだ少し残っていた。残り物を使うのって、どうかなと思ったけれど、幸哉《ゆきや》くんならものを大切にする考えに共感してくれそうな気がする。

というわけで、残りのルーズリーフを使うことにした。最初にとじ穴《あな》のところを切り落としてから、二枚《まい》に切り分ける。それをていねいに二つ折りして、折り目の三か所に穴《あな》をあけて糸を通して結ぶ。

若草色《わかくさいろ》の画用紙を切ったものを表紙にしてのりづけした。さわやかな色。なんとなく幸哉《ゆきや》くんのイメージ。

幸哉《ゆきや》くんには、キラキラ系《けい》は似《に》あわないから、デコレートはひかえめに。マスキングテープを表紙のふちにはる。テープはチェック柄《がら》にした。だって、幸哉《ゆきや》くんは、よくチェックの服を着てるから。色は、青がいいかな。はってみると、うん、なかなかいい感じだ。

チョコは、ケーキ屋さんでトリュフを二個《こ》買った。ちょっとスペシャルな買い物だ。ちなみに、仲のいい子にあげる友チョコは、コンビニで買った。チェック柄《がら》の紙の手さげにチョコと手作りノートを入れる。カードも色画用紙で手作り。ハート型にしようかと思ったけれど、なんだか照れくさくなって、葉っぱ型に切った。

なんて書こうかな。ほんとは、大好きです、って書きたいけれど……。

一晩《ばん》なやんで書いたのは、こんな言葉。

このミニノートは、手作りなので、
世界に一冊《さつ》しかありません。
読書の記録とかに
使ってくれたらうれしいです。
ずっと、すてきな先輩《せんぱい》でいてください。
柚希《ゆずき》

そしてバレンタインデーの日が来た。

本当は学校におかしを持っていくことは、禁止《きんし》。でも、バレンタインデーやホワイトデーの時、こっそりわたすのは大丈夫《だいじょうぶ》というのが花月《かげつ》小学校。ただ、カバンから出して見せたりはしない、というのが暗黙《あんもく》の約束事だ。

あたしは、朝、仲よくしている友だちと、友チョコの交換《こうかん》をした。あたしがあげたのは、三個《こ》入りの星形のチョコ。もちろん、瑠衣《るい》にも。ところが……。

昼休みに、瑠衣《るい》と二人でもらったチョコを開けたら、瑠衣《るい》がくれたのは、あたしがあげたチョコとまったく同じだった。あたしたちは、顔を見あわせてくすりと笑った。こんなに仲よしなんだから、ビブリオバトルもいっしょにやりたい。

「ねえ、瑠衣《るい》。あたしは、ブックトークも好きだよ。だから、瑠衣《るい》も、ビブリオバトルに興味《きょうみ》持ってくれたらうれしいんだけどなあ」

瑠衣《るい》は、ほんの一瞬《いっしゅん》、眉《まゆ》を寄《よ》せた。でもすぐに、明るい声でいった。

「図書館だより、楽しみにしているよ。それで、そうか！　って思えたらね」

「じゃあ、はりきって書かないと」

なんか、一歩前進って感じ。これもきっと、幸哉《ゆきや》くんのアドバイスのおかげだ。

六時間目になると、あたしはだんだん落ち着かなくなってきた。この授業《じゅぎょう》のあとの終わりの会が終わったら、すぐに図書館に行って、入り口で幸哉《ゆきや》くんを待っていようと決めていた。幸哉《ゆきや》くん、もらってくれるかな。もし、いらないっていわれたら？　あたしは首を横にふった。不吉な考えはふりはらわないと。大丈夫《だいじょうぶ》、きっともらってくれる。

「北原《きたはら》さん！」

ふいに先生に名前を呼《よ》ばれたことに気がついて、

「はい！」

と、立ち上がる。すると、教室中からくすくすと笑い声がおこった。何回か、名前を呼《よ》ばれていたようだ。

「ここから、読めって」

となりの席の子が、こそっと国語の教科書を指さして教えてくれた。あたしは、あわてて読み始めたけど、何度もまちがえてしまった。

その日の終わりの会は、少し長引いた。インフルエンザが流行《はや》っているなんて、別に今日だけの話じゃないのに、と思うといらいらしてきた。

終わってから、あたしは、瑠衣《るい》に先に行くね、といって、教室を飛び出した。急いで図書館に行って、中をのぞく。よかった。まだ、幸哉《ゆきや》くんは来てなかった。

いったんは図書館の中に入ったものの、すぐにドアの外に出る。そのあたりでうろうろしながら、あたしは幸哉《ゆきや》くんを待った。

だれかが図書館のほうに近づいてくるのが見えると、そのたびに、心臓《しんぞう》がドクンと鳴った。そしてすぐに、ちがった、とがっかりする。

「あれ、北原《きたはら》、こんなとこで何やってんだよ」

と声をかけてきたのは陽人《はると》だった。

「何って、別に」

「北原《きたはら》は、もう次のビブリオバトルの本、決めたのか？」

「まだだけど」

「おれ、何にしようかな。次もチャンプ本、取りたいもんな」

「だったら、早く、図書館で探《さが》したほうがいいんじゃないの？」

あたしは、立ち去ってほしくてそういったけれど、陽人《はると》はまだぐずぐずしている。

「おれ、物語とかって、イマイチ苦手だからなあ」

ちょっといらいらした。でも、物語が苦手といわれたら、やっぱり無視《むし》できない。

「陽人《はると》はスポーツ好きなんだから、スポーツものとか、読めばいいじゃん。新井《あらい》先生に聞いたら、教えてくれるよ」

「でもなあ」

「先生、いるから聞いてみなよ」

追い立てるようにいうと、陽人《はると》はようやく図書館に入っていった。陽人《はると》が、いなくなってほっとしたのはいいけど……。幸哉《ゆきや》くんが、まだ来ない。

あたしは、ろうかを行ったり来たりして、それからまた図書館の中をのぞく。

ひょっとして、やっぱりもう来てるとか？　あたしがさっき見た時には、本棚《ほんだな》にかくれて見えなかったとか？　でもやっぱり中にいそうもない。

もしかして、今日は来ないつもり？　まさか、そんなあ！　なんだか泣きたくなってきた。

「北原《きたはら》さん、何してるの？　そんなとこで」

ふいに声をかけられ、なんだっていいじゃない！　と思いながら、あたしはふり返った。

「うそぉ……」

ほんとに泣きそうになってしまった。立っていたのは、待ちこがれていたその人だったのだ。

「うそって？」

幸哉《ゆきや》くんは、にっこり笑った。

「ごめんなさい。びっくりして。あの幸《ゆき》……上山《うえやま》くん」

「何？　とにかく、寒いから中に入ろうよ」

と、幸哉《ゆきや》くんがドアに手をかけた。あたしは思わず、幸哉《ゆきや》くんの腕《うで》をつかんでしまった。

「待って！」

あたしは、あわててバッグから、小さな紙袋《かみぶくろ》を取り出す。そして、幸哉《ゆきや》くんの目の前につき出す。

「えーと、これは……」

「上山《うえやま》くん、図書委員会の副委員長、おつかれさまでした！」

幸哉《ゆきや》くんは、とまどったような表情《ひょうじょう》であたしを見ている。お願い！　受け取って！

ろうかの先から話し声が聞こえた。だれか来る。こんなとこ、見られたくないのに。きゅっとくちびるをかみしめて、幸哉《ゆきや》くんを見る。すると、ようやく笑顔《えがお》が広がった。

「ありがとう、北原《きたはら》さん」

もう、この笑顔《えがお》、最高！　その瞬間《しゅんかん》、あたしは、体がふわふわとうき上がるような気持ちがした。

幸哉《ゆきや》くんは、紙袋《かみぶくろ》をカバンにしまった。そして、二人で図書室に入っていく。

幸哉《ゆきや》くんってば、やっぱり、チェックの服着てる。そのことがおかしくて、くすっと笑う。でも、ちょっぴり泣きたい気持ちにもなった。ああ、なんか、切ない……。

その日は、幸哉《ゆきや》くんの顔を見ることができなかった。

家に帰って、友チョコをつまみながら、幸哉《ゆきや》くんの顔を思いうかべた。ありがとう、北原《きたはら》さん……あの言葉が何度も何度もよみがえる。いやがってなかったよね。喜んでくれたよね……。

それからしばらくは、幸哉《ゆきや》くんのちょっとした態度《たいど》で、しずんだり舞《ま》い上《あ》がりそうになったりの繰《く》り返《かえ》し。それで、瑠衣《るい》にいわれてしまった。

「柚希《ゆずき》、どうかしたの？　最近、変だよ」

「なんでもないよ。それよか、原稿《げんこう》、書いた？」

「書いたよ。柚希《ゆずき》は？」

「まだ途中《とちゅう》」

「楽しみにしてるよ」

瑠衣《るい》にビブリオバトルの楽しさをわかってもらうためには、何を書いたらいいのだろう。それに、ここがおすすめ、というビブリオバトルのよさってなんだろう。

そういえば、前に家で話題にした時、梨那《りな》ネエ、友だちとやってみようかな、っていってたけど……。

その日の夕飯の時、あたしはさっそく聞いてみた。

「ねえ、梨那《りな》ネエは、ビブリオバトル、やってみたの？」

「うん。遊び半分だけどね。思ったよりおもしろかったよ」

「お姉ちゃんは、どの本選んだの？」

「おばあちゃんに借りた、『負けないパティシエガール』って本」

「チャンプ本になれた？」

「ううん。チャンプ本は『戦争するってどんなこと？』という本で、愛《あい》ちゃんが紹介《しょうかい》したやつ」

「あら、愛《あい》ちゃん、そういう本、読むの？」

とママが少しおどろいたようにいった。愛《あい》ちゃんというのは、梨那《りな》ネエが小学生の時から仲よくしている友だちだ。

「それ、あたしもびっくりしたんだ。今まで、そういうこと話したことなかったけど、世の中のこととか、いろいろ考えてるみたい」

「ビブリオバトルって、思いがけないことを知ったりするみたいね」

とおばあちゃん。梨那《りな》ネエがうなずきながらまた口を開く。

「うん。遊び半分だったのに、けっこうマジになっちゃって。あたしも夢中《むちゅう》になってしゃべってたみたい。愛《あい》ちゃんは、あたしが紹介《しょうかい》した本を選んでくれて、梨那《りな》がその本好きだって思いが伝わってきたっていわれて、なんだか、話す前より好きになった気がしてきちゃった」

梨那《りな》ネエの話を聞きながら、がんばって《図書館だより》の原稿《げんこう》を書こうと思った。しっかり書いて、あたしの言葉が、瑠衣《るい》に伝わりますように。それからもちろん、幸哉《ゆきや》くんにも……。

6 めざせリベンジ

あたしは、《図書館だより》の原稿《げんこう》を書き上げて、新井《あらい》先生にわたした。その時、第二回目のビブリオバトルのことを聞いてみた。

今回、幸哉《ゆきや》くんは、司会者を希望したそうだ。バトラーは五人、あたしと陽人《はると》、歌音《かのん》は前回といっしょ、そして五年では新たに、佑《たすく》が加わったと聞いてびっくり。

「ほんとに、岩岡《いわおか》くんがやるんですか?」

「実はね、わたしがさそったの」

「ええ? 先生が?」

「だって、観戦はしたでしょ。あの時も、気のないふりしてたけど、本当はやってみたいんじゃないかなって思ったの」

新井《あらい》先生は、くすっと笑った。そうなのかもしれない。佑《たすく》って、素直《すなお》じゃないんだ。そう思ったら、あたしも少しおかしくなった。

「もう一人は？」

「六年の並木《なみき》さんよ」

「へえ？　まさか並木《なみき》さんが参戦するなんて」

「上山《うえやま》くんが熱心にさそったみたいよ。並木《なみき》さんが参戦するなら、自分は司会にまわるからって」

「そうだったんですか」

幸哉《ゆきや》くんは、図書委員長の並木《なみき》さんにも、ビブリオバトルに興味《きょうみ》を持ってほしいと思ったにちがいない。でも、美彩《みさ》さんは強敵《きょうてき》かも。優等生《ゆうとうせい》だし、人前で話したりするのがうまそうだ。

まずは、どの本を選ぶかだ。観戦者もチャンプ本を選ぶのだけれど、バトラーがだれかによっても、結果は変わってきそうだ。歌音《かのん》は、やっぱり理科系《けい》の本かな。でも、図書委員の中では、そんなに理科の本が好きな子がいないから、勝てるかもしれない。陽人《はると》は話がおもしろいから油断《ゆだん》ができない。ぜんぜんわからないのは、佑《たすく》だ。いったいどんな本を持ってくるだろう。美彩《みさ》さんは？　美彩《みさ》さんは、まじめでかたそうな本かな。

あたしは、図書室の中をうろうろした。いっそ、前回の陽人《はると》みたいに、ビジュアルの本を選んだらどうだろう。新井《あらい》先生も、たまには物語以外の本を読んでみたら、っていってたし。

あたしは、調べ学習の棚《たな》のそばに行ってみた。そこで、ふと目に止まった本を引《ひ》き抜《ぬ》いてみた。それは、『国際理解《こくさいりかい》を深める世界の国歌・国旗大事典』というけっこう大きなものだった。本の名前が、かっこいい。いすに座《すわ》って、ぱらぱらめくってみた。この本には、六十か国の国旗と国歌が紹介《しょうかい》されてる。国歌には、日本語の訳もついていた。歌は、イメージがわかないけれど、国旗は、けっこうなじみのものがある。アメリカは星条旗《せいじょうき》で、英国《えいこく》はユニオンフラッグ。オーストラリアやニュージーランドとかの国旗には、英国《えいこく》国旗が左上に入っている。それがなぜか、この本を読むとわかるのかな。フランスの国旗の色は、自由・平等・友愛の三つを表しているって、前に聞いたことがあったっけ。

ぱらぱらめくってみると、知らない国旗もたくさんあった。っていうか国の名前だって、ちゃんとはわからない。借りてみようかなと思ったけど、重いし、この本をどう説明できるか、イメージがわかなかった。

うろうろ図書館の中を歩いていると、純夏《すみか》が、音楽とか図工の本が置いてある棚《たな》の前に立っていたので、近づいていって聞いた。

「こういう本も、読むの？」

「読むことは読むけど」

「おもしろいの、ある？」

「うん。音楽なら、楽器のこととか、へえ？　って思うし。ペーパークラフトの本も、おもしろかった」

そういわれて、あたしは図工の本を、引っぱり出してみた。今までこの棚《たな》の本、借りたことなかったかも。しばらく本をながめてから、やっぱりビブリオバトルに使う気にはならない、と思って棚《たな》にもどした。ふと、純夏《すみか》を見る。本を抜《ぬ》いたり入れたり……。本を探《さが》しているわけではないみたいだ。

「整理、してるの？」

「……四年生が、調べ学習で使ったみたいで、だいぶ乱《みだ》れてるから」

「ちゃんと元のところに返してって、いってるのになあ」

というと、純夏《すみか》は笑った。

「時間がなくて、あわてててたんじゃないかな」

純夏《すみか》は、ぜんぜんおこっているそぶりはなかった。そういえば、純夏《すみか》って、こんなふうによく棚《たな》の整理をしていたかも。あたしは、貸《か》し出《だ》しとかの仕事は好きだけど、棚《たな》の整理はあまりしてない。ちょっと反省した。純夏《すみか》が、社会の本の棚《たな》に移動《いどう》したので、あたしもついていって、手伝った。純夏《すみか》は、背表紙《せびょうし》にはられたラベルを指さしていった。

「これ、環境《かんきょう》の本だね。棚《たな》がまちがってる」

ちょっとびっくり。番号見ただけで、すぐにどのジャンルの本か、わかったみたいだ。

「じゃあ、あたしが、もどしてくるよ」

あたしは、その本を引《ひ》き抜《ぬ》いた。

「あ、まって。ちょっと貸《か》してくれる？　ラベル、はがれかかってるから、先生にわたしておくね」

純夏《すみか》は、あたしから本を受け取った。

「ねえ、林《はやし》さんは、ビブリオバトル、やらないの？　いっしょにやろうよ」

「むりむり。人前で発表するのなんて、緊張《きんちょう》してだめ！」

純夏《すみか》は、顔を少し赤らめて手を横にふった。


どうしたらチャンプ本に選ばれるか、そのためにどんな本を紹介《しょうかい》したらいいのか、さんざん迷《まよ》ったけど、結局、あたしが選んだのは、『白い扉《とびら》の家』という物語の本だった。

その本は、第一回目のビブリオバトルが終わった直後に借りて読んだ。だれかにすすめられたわけではない。表紙が気になって借りた。本は少しもいたんでなくて、ほとんど借りた人がいないみたいだった。貸《か》し出《だ》し手続きの時に、新井《あらい》先生からも、「その本、まだ読んでないのよ。読み終わったら、どんなだったか、教えてね」といわれた。けっこう厚《あつ》くて字も小さめだし、読まれてないということは、あんまりおもしろくないのかな、と思った。ところが、読み始めたらやめられなくなって、一気に読んでしまった。なぞがなぞを呼《よ》んでわくわくするし、ほろりとするところもある。読み終わった時には、なんだかやさしい気持ちになって、もっともっとこの感じ、味わっていたいなあって、思った。

でも、最初はビブリオバトルで紹介《しょうかい》する気はなかった。一回目で外国の物語を紹介《しょうかい》したので、ちがうものにしたかったから。それに、こういう本は、陽人《はると》や佑《たすく》が興味《きょうみ》を持たないと思ったのだ。

あれこれ、迷《まよ》ったあげくに、やっぱり、自分が好きな本じゃなきゃ、力が入らない、と思い直した時、真っさきにうかんだ。ところが、その時にかぎって、図書館の本がたまたま貸《か》し出《だ》し中。ついこのあいだまで、あったのに。

あたしは、思いきって本を買うことにした。それで、となりの駅前にあるアカシア書店に行ったのは、ビブリオバトルの三日前。びっくりしたのは、ここの児童書売り場では、『白い扉《とびら》の家』の表紙が見えるようにして台の上に、何冊《さつ》も積み上げてある！　しかもカードがはさまった小さなスタンドが立ってる。カードには、本の紹介文《しょうかいぶん》のほかに、イラストまで描《か》いてあった。

「これ、なんですか？」

あたしは、通りかかった店員さんに聞いた。

「ああ、ポップね。お店によく来る小学生が作ったのよ。おかげで、この本、な

かなか人気で、もう何か月も平積《ひらづ》みしているのよ」

うちの学校では、あまり人気がなさそうだったのに。

あたしもこんなふうに自分が紹介《しょうかい》した本のポップを作りたいと思った。

第二回ビブリオバトルの日が訪《おとず》れた。

前回と同じように、大きなテーブルに集まった。テーブルの上にはパソコンもちゃんと準備《じゅんび》されている。

瑠衣《るい》はやっぱり参加してくれなかった。

「では、これからビブリオバトルを

始めますので、着席してください」

司会の幸哉《ゆきや》くんが少し大きな声でいった。幸哉《ゆきや》くんを見ているだけで、どきどきしてきた。

今回は、バトラーが五人、観戦者も少し増《ふ》えて、全部で十三人が参加した。順番を決めるくじを引く。あたしは二番目だ。トップバッターは歌音《かのん》だった。

歌音《かのん》が前に立つ。そして、幸哉《ゆきや》くんが、

「では、どうぞ」

というと、チンとベルが鳴って、タイマーが動き出した。歌音《かのん》は、背中《せなか》に本をかくしている。すぐに見せる気がないみたいだ。

「えーと……、みなさんは、塩の道、という言葉を聞いたことがありますか？　人間が生きるには塩が必要なんです。アメリカやヨーロッパでは、塩は岩塩から作ります。でも、日本には岩塩はないそうです。じゃあ、どうするか？　海の水から、塩を作るんです。なんといってもまわりじゅうが海ですから」

歌音《かのん》はそこで言葉を切って、にっこり笑った。一回目より、話し方が落ち着いてる。けっこう練習したのかな。あたしは、思わず、負けないぞ、というふうに手をにぎりしめた。

「……ところが、日本には、山もあります。山に住む人だって、塩が必要です。だから、海から山へ、塩を運ぶための道、塩の道がつくられたのです。塩は、牛の背中《せなか》にのせられて、山を登っていきました。帰りには、木で作られた食器とか、まきや炭、織物《おりもの》なんかをのせて山を下っていったのです。こんなふうに道には、いろんな道があります。あたしたちは、毎日、道を歩いて登校します。でも、世界にはどんな道があるんだろう。そんなことを考えた時に、いろんなことを教えてくれるのが、今日、あたしが紹介《しょうかい》する本なんです」

歌音《かのん》は、初めて本を背中《せなか》から前に回した。でも、最初に見せたのは、裏表紙《うらびょうし》。

あれ？　あの白地にハトの絵って、青い鳥文庫だ……。青い鳥文庫っていえば、『怪盗《かいとう》クイーン』とか、『探偵《たんてい》チームKZ《カッズ》事件《じけん》ノート』のシリーズとか、けっこうみんな好き。ってことは、物語かな、って一瞬《いっしゅん》思ったけれど、そうじゃなかった。歌音《かのん》がくるりと本を引っくり返して、みんなに表紙を見せた。

「自然と人間というシリーズの一冊《さつ》で、富田和子《とみたかずこ》さんが書いた『道は生きている』という本です。これを読むと、道のことがいろいろわかります。あたしは、

この本を読んで、道のことをいろいろ知りました。ですので、今日は、これから、少しだけ、みなさんにも紹介《しょうかい》します。たとえば……。花月《かげつ》小を出て大通りから駅に続く道の両側には、プラタナスが植えられています。それから青樹《あおき》川のほとりには桜《さくら》の木。こういう木が植えられた道を並木道《なみきみち》といいます。ところが、大昔の並木《なみき》は、柿《かき》や梨《なし》などのくだものだったそうです。昔は自動車も電車もないから、旅人たちは歩きます。その時、くだものは貴重《きちょう》な食料になったんです」

あたしは、思わず、なるほど、というふうにうなずいてしまった。

「この本には、川も道だと書いてあります。川は大切な道なんです。重たいものを運べますから。日本にはたくさん川があります。川は、山のむこうの別の川と、峠《とうげ》の道で結ばれていました。でも、鉄道ができて、ものを運ぶのに川が使われなくなって、峠《とうげ》ごえの山道がすたれてしまったそうです。えーと、あと、橋も道の一部です。橋についても、おもしろいネタがたくさんありました」

歌音《かのん》は、ちらっと時計を見た。時間は十秒ぐらい残っていた。それを確認《かくにん》するようにうなずくと、本を開いて見せた。

「中にはところどころに、実際《じっさい》の道の写真も入ってます。地図の絵なんかもあるんです。ほら。そして、この本を読めば、道が人々の暮《く》らしと深くかかわっていたことがわかります」

その時、チーンと終了《しゅうりょう》を知らせるチャイムがなった。

「では、これからディスカッションタイムです。質問《しつもん》のある方、どうぞ」

幸哉《ゆきや》くんがそういうと、すぐに佑《たすく》が手を上げた。

「川も道である、というのが、ちょっとわからなかったんですけど」

「えーと、ですね。たとえば木材は、馬や牛にのせて運べないので、谷川に落としたあと、途中《とちゅう》でいかだに組んで下流に送ったり、あと船でお米を運んだりした、と書いてあります。だから、川は、山と平野を結ぶ、大切な道なんだそうです」

「その本を読んで、ええ？　びっくり！　って思ったことがあったら教えてください」

と質問《しつもん》したのは陽人《はると》。すると、歌音《かのん》は少し笑いをこらえるようにしていった。

「それは、山形《やまがた》県に京都《きょうと》のなまりがあるということです」

「それは、どうしてなんですか」

「本を読むとわかります」

歌音《かのん》は、そういってにやっと笑った。

二番目は、あたしだった。幸哉《ゆきや》くんの「では、どうぞ」という言葉のあとに、勢《いきお》いこんで話し始めた。

「えーと、あたしのおすすめの本は、これです！　書名は『白い扉《とびら》の家』。書いた人は、えーと、ドイツ人の児童文学作家です」

あたしは、最初にそれだけいうと、つき出すようにして、本をみんなに見せた。

「夏休みにカールという男の子が、おばあさんの家で過《す》ごすために、白い扉《とびら》のある家に着くところから、お話が始まります。古い家で、ろうかのつき当たりに、白い扉《とびら》があって、そこがなんと、不思議なところにつながってるんです。ある時、カールが、こっそり扉《とびら》を開けて入っていくと、ぜんぜん見たこともない場所。カールは、女の子と出会うんだけど、その子、がりがりにやせてて。お腹《なか》が空いてるっていうから、カールは、自分の家にもどって、パンとミルクを持って、再《ふたた》び扉《とびら》を開けました。でも、そこは、ただの部屋でした……」

そこまで話して、ちょっと間を置く。前回も、つい、あらすじを話してしまいそうになった。また同じこと、やっちゃいそう。ちらっとパソコンを見る。時間は、まだまだある。そうだ、内容《ないよう》じゃなくて、どんなところがおもしろかったかだ。

「えーと、この本を読んで、おもしろかったのは、いろいろなぞがあって、ええ？　どうなるの？　どうなるの？　って思うところ。あと、本がすごく、きれい！　この表紙、見てください。タイトルに白いという言葉が入っているからか、表紙も白がベースで、とてもきれいでしょ」

表紙に書かれているのは、古めかしい建物と、カールの横顔だ。そのカールの表情《ひょうじょう》がなかなかすてきなのだ。

「最初は借りて読んだのだけど、図書館に見当たらなかったから、買っちゃいました。そしたら、本屋さんにたくさん積んであって、びっくり！　あと、ポップも立ってました。ポップって、ほら、キャッチフレーズとかイラストとか描《か》いてあって、本屋さんに立ってるやつ。なんて書いてあったか、忘《わす》れちゃったけど、そのポップ、小学生が書いたんだって。いいなあ、うらやましいって思っちゃった。近くに本屋さんがあって、自分もポップとか書かせてもらったら、がんばって、イラストも描《か》いたりして、楽しいのになあ。まあ、それはともかく、棚《たな》に一冊《さつ》じゃなくて、平積《ひらづ》みされてるのに、うちの図書館の本は開いたあとがないくらいきれいだったので、もったいないなあと思いました。だれも借りないなんて」

とそこまでいって、あれ？　でも、このあいだ、図書館になかったってことは、だれか借りてるってこと？　と、ちょっと考えこんでしまった。だれだろう？

それからすぐに、我《われ》に返る。そんなこと考えてる場合じゃなかった。パソコンを見ると、あと十秒。

「とにかく、おもしろいので、チョーおすすめです。中のさし絵もすてきだから、読んだ人は、だれもがきっと、この物語のとりこになるでしょう」

それから二、三秒たって、チーンとベルが鳴った。なんか、本の内容《ないよう》と関係ない話をしてしまった気がする。それに、もっといいたいこともあった。一度目に読んだ時と二度目に読んだ時と印象が変わったこととか、結末がわかっているのに、夢中《むちゅう》になれたこととか。

「じゃあ、質問《しつもん》がある人、どうぞ」

幸哉《ゆきや》くんの言葉に、手を上げたのは、バトラーの一人の、美彩《みさ》さんだった。

「話を聞いていて、フィリパ・ピアスの『トムは真夜中の庭で』を思い出しました。少し似《に》ている気がしたんだけど、どうですか」

「えーと、親戚《しんせき》の家に行って、そこで不思議なことがおこるのは似《に》てますが、でも、お話の雰囲気《ふんいき》はぜんぜんちがいます。ちがう場所に行くのも、昔とかじゃないから」

そう答えながら、『トムは真夜中の庭で』を読んでいてよかったと思った。あれは、幸哉《ゆきや》くんが好きだといっていた物語だ。そう聞いたからあたしも読んだのだから。ということは、幸哉《ゆきや》くんは、『白い扉《とびら》の家』も気に入ってくれるはずだ。幸哉《ゆきや》くんに、この本を選んでほしい。と思ったけど、今回は司会だから投票はしない。でも、もしチャンプ本になれば、もっと興味《きょうみ》を持ってくれるにちがいない。そしたら、この本貸《か》してあげようかな。だって、図書館の本はだれか借りてるし。それで、あたしに感想をいってくれて、それから、二人でもり上がって……。なんてぼんやり考えているうちにディスカッションタイムが終わった。

次のバトラーは、佑《たすく》だ。最初は興味《きょうみ》ないっていってたのに、今日、参戦してきた佑《たすく》は、どんな本を選んだのだろう。

佑《たすく》が前に立った。ふだん、おどおどしたところがまったくない佑《たすく》も、初めての参戦で、ちょっと緊張《きんちょう》しているみたいだ。

チンと開始のベルが鳴ると、佑《たすく》は、

「えーと……ぼくは、前回は観戦だけだったので、柄《がら》にもなく、ちょっと緊張《きんちょう》しています」

といって、にやっと笑った。なんで、自分でそんなことというんだろう。それに、笑うところかな。

「最初は、自分が好きな本を読めばいいと思ってたんだけど、でも、やっぱり、自分がおもしろいと思った本は、人にも読んでほしい。まあ、時には、教えたくないっていうか、このおもしろさを独《ひと》り占《じ》めしたいって思うこともあるけど」

佑《たすく》の言葉に、会場から少し笑いがおきた。

「で、ぼくが選んだ本は、物語ではありません。一つのテーマをじっくり書いたノンフィクションでもありません。……ところで、みんなには、なやみがありますか？　どんななやみですか？　ぼくは、たまにですけど、学校に行きたくないな、って思うことがあります。なんで学校に行かなくちゃいけないのかなって。

別にいやなことがあるわけじゃないけど、なんとなく。それから、これは低学年のころの話ですが、ぼくは死んだらどうなるんだろうって考えたことがありました。夜、そのことをずっと考えていたら、こわくなりました。ぼくが今日、紹介《しょうかい》する本は、そんな疑問《ぎもん》やなやみに、答えてくれているんです」

ここで、佑《たすく》は、裏返《うらがえ》しに置いていた本を手に取って、みんなに見せた。それにしても、佑《たすく》が学校に行きたくないと思うことがあるなんて、と首をかしげたが、本人は、いつもどおり自信たっぷりな様子だった。

「本のタイトルは、『10歳《さい》の質問箱《しつもんばこ》　なやみちゃんと55人の大人たち』といいます。この本は、十歳《さい》の子どもが質問《しつもん》しそうなことを予想して、大人たちが答えている、という本なんです。質問《しつもん》の種類は、自分のこと、まわりの人のこと、世の中のこと、という三つに分かれています。いくつか質問《しつもん》を紹介《しょうかい》します。……たとえば、自分のこと、では、元気がないときは、どうしたらいいのですか、とか、好きなことが見つかりません。どうしたら見つかりますか、というようなものから、さっき、ぼくがちょっといった、死んだらどうなりますか？　というのも。まわりの人のこと、というパートでは、学校に行きたくありません。なぜ行かなきゃならないのですか、なんて、質問《しつもん》もあります。そうかと思えば、世の中のことというパートには、戦争は、なぜなくならないのですか、というのもあるんです。つまり、いろんな質問《しつもん》があります。質問《しつもん》の数は、全部で三十四。そして、それぞれの質問《しつもん》に、二人から四人ぐらいまでの大人が、答えています」

佑《たすく》は、そこまで早口で一気にしゃべった。それから、小さく息をはく。

「答えている大人の数は、本のタイトルにもなってるように、五十五人です。子どもの本の作家や、大人の本の作家、それから、俳優《はいゆう》とか、マンガ家なんかもいます。あと、ところどころにさし絵が入っていて、すごく笑えるわけじゃないけど、なんていうか、ほのぼのとします。この本は、頭から読まなくてもいいのかなと思いました。目次を見て、興味《きょうみ》のある質問《しつもん》を探《さが》して読んでみる。そんな読み方もおもしろいかもしれません」

その時、時間終了《しゅうりょう》のベルが鳴った。

「では、質問《しつもん》のある方、いますか」

歌音《かのん》が手を上げた。

「あのう、一つの質問《しつもん》に対して、二人から四人が答えているそうですが、つまりは、答えは人によってちがう、ということですか」

いわれてみれば、たしかに、そのことは気になる。答えがちがっていたら、どれを参考にしたらいいんだろうと、思いながら、佑《たすく》の返事を待っていたが、佑《たすく》は、うーんといって、少しのあいだ考えこんでいた。

「……えーと、なんていったらいいのかな。答えは一つじゃない。それはたしかです。でも、回答する人が、まったくちがっていることをいっているかというと、そうともいえないな、って。ただ、少し角度がちがうっていうか。うーん。説明、むずかしい。だから、そこは、自分で読んでみてください」

その次のバトラーは、美彩《みさ》さんだった。

「えーと、わたしも、岩岡《いわおか》くんと同じで、ビブリオバトルは初めてです。しかも、前回、観戦もしてません。初めてのことって緊張《きんちょう》します」

美彩《みさ》さんは、ふっと、小さく息をはく。でも、委員会の司会をしてきた美彩《みさ》さんは、人前で話すことには慣《な》れているので、緊張《きんちょう》しているようには見えなかった。

「ところで、初めてって、聞いた時、どんな気持ちになりますか。たとえば、初めて宇宙《うちゅう》へ行ったガガーリンという人は、『地球は青かった』っていったそうです。それから、そんな大きなことでなくても、初めて逆上《さかあ》がりができた……初めてって、なんかすてきな気がしませんか？　もちろん、初めて何かをするのは、緊張《きんちょう》するけれど。実は、わたしが今日紹介《しょうかい》するのは、その初めてに、関係のある本なのです」

そこで、美彩《みさ》さんは、かすかに笑う。ああそうか、「初めて」を強調したのは、紹介《しょうかい》する本につなげたかったのだ。美彩《みさ》さんは、本をかかげてみんなに見せた。本のタイトルは『荻野吟子《おぎのぎんこ》』。聞いたことのない名前だけど、いったいだれなんだろう。

「これは、架空《かくう》の物語ではありません。荻野吟子《おぎのぎんこ》という人は、実際《じっさい》にいた人なんです。この人と初めてということと、どう関係するの？　それは……日本で初めてお医者さんになった女の人なのです。西洋医学を勉強したという女の人は、ほかにもいたそうですが、国の資格《しかく》を得たお医者さんとしては、荻野吟子《おぎのぎんこ》が最初だったんです。つまり、この本は、初めて医者になった女の人の伝記です」

へえ？　初めての女医さん？　なんか、すごい！

「荻野吟子《おぎのぎんこ》が生まれたのは、江戸《えど》時代の終わりのころです。やがて、明治《めいじ》時代と

なって、世の中が急に変わっていきます。それでも、お医者さんといえば、男の人ばかりでした。そんな時代に、なぜ、吟子《ぎんこ》は医者になろうと思ったのでしょうか。

それは、吟子《ぎんこ》自身が、病気をしたことと深く関係します。そのころは、たとえ医者に対してでも、女の人が男の人に肌《はだ》を見せることがはずかしいと思われるような時代だったんです。そして、女のお医者さんが治療《ちりょう》してくれたらいいのに、と強く思ったのです」

美彩《みさ》さんは、いったん言葉を切った。少し間《ま》を置いて、ゆっくり話し出す。

「今でも、医者になるのは簡単《かんたん》ではありません。しかも、当時は、女の人で医者になろうとする人なんて、ほとんどいない時代。だから、簡単《かんたん》にはいきませんでした。女の人が勉強できる場所は、かぎられていたのです。とても苦労しました。それでも、吟子《ぎんこ》はがんばって医師《いし》をめざします。どんなふうに？　それは、読んでたしかめてください。わたしは、吟子《ぎんこ》のことは、これまでぜんぜん知りませんでした。でも、この本を読んで、よかったと思います。夢《ゆめ》をあきらめないことの大切さを感じたからです。それに、吟子《ぎんこ》のすごいところは、あとに続く女性たちをしっかり応援《おうえん》したことです。どんなふうに？　それも、本を読んでみるとわかりますよ。それから、この本の後ろには、吟子《ぎんこ》と深い関係のある人物のことなども書いてあります。そんなところも、おすすめです」

さすがに、美彩《みさ》さんは話すのが上手だった。もじもじしたり、いいまちがえたりしない。言葉も聞き取りやすかった。話にすっかり引きこまれて、荻野吟子《おぎのぎんこ》って、りっぱな人だったんだな、と思った。伝記はほとんど読んでこなかったけど、たまにはああいう本もいいのかな。うーん、でもやっぱりあたしは物語のほうが好きだ。

ディスカッションタイムでは、だれも手を上げなかった。しばらくだれも口をきかなかったが、十秒ぐらいたってから、司会の幸哉《ゆきや》くんが口を開いた。

「本の後ろに書いてある、関係者のことを、もう少し話してくれますか」

司会者が質問《しつもん》なんてめずらしいと思ったけど、やっと質問《しつもん》が出たので、美彩《みさ》さんはうれしそうに幸哉《ゆきや》くんに笑いかけながら、口を開く。

「はい。巻末《かんまつ》の資料《しりょう》として、まず、吟子《ぎんこ》を取りまく人々のことが書いてあります。吟子《ぎんこ》に影響《えいきょう》をあたえた人や、後輩《こうはい》たちです。それから吟子《ぎんこ》の生まれた場所や学んだ場所、そして、年表もついてますし、荻野吟子《おぎのぎんこ》の記念館の案内もあります」

最後のバトラーは、前回チャンプ本を勝ち取った陽人《はると》だった。陽人《はると》は、自信満々な態度《たいど》で前に出た。

陽人《はると》が選んだのは、今回も物語ではなかった。なんと『世界で一番美しい海のいきもの図鑑《ずかん》』という大きな本。ずっしりとして重そうだ。本があまり好きではないという陽人《はると》らしいともいえるチョイスだけれど。

ところが、今回は前のようにはいかなかった。たぶん、ちゃんと考えないで話し始めたせいだろう。写真がきれいだと同じ言葉ばかり繰《く》り返《かえ》して、結局、陽人《はると》がその図鑑《ずかん》を見てどんなふうに感じたのかがよくわからなかったし、途中《とちゅう》でつっかえたりした上、三十秒前には、話すことがなくなってしまったみたいなのだ。

そんな時の三十秒ってけっこう長くて、陽人《はると》は、「えーと」とか「それから」なんて言葉をぶつぶつつぶやきながら、必死で言葉を探《さが》している。やっと口から出た言葉は、「とにかくきれいで、見てておもしろくて」というもので、またださりこむ。そして、チーンと合図が鳴った時は、ほっとしたように、肩《かた》で息をはいたのがはっきりわかってしまった。

すべての発表が終わって、投票タイムになった。

どの本を選ぼうか、すごく迷《まよ》った。今回、物語はあたしが紹介《しょうかい》した『白い扉《とびら》の家』だけだった。ということは、今まであまり読んでこなかったジャンルの本から選ぶことになるんだけど……。

おもしろそうだなって思ったのは、『道は生きている』だった。理科好きの歌《か》音《のん》の紹介《しょうかい》だけど、内容《ないよう》は、どっちかというと社会っぽい。けど、『荻野《おぎの》吟子《ぎんこ》』にもひかれた。『10歳《さい》の質問箱《しつもんばこ》』は、読みたいっていうよりは、ぱらぱらっとめくればいいかな。やっぱり迷《まよ》ってしまう。

あたしは目をつぶった。何も見えない状態《じょうたい》で、まず心にうかんでくるのは、どの本だろう……。

結局、あたしは『道は生きている』を選んだ。

「じゃあ、発表します」

新井《あらい》先生がいうと、みんなの視線《しせん》が集まる。

「今回のチャンプ本は、二冊《さつ》です」

ええ？　という声があちこちから上がる。

「まったく同数だったのが二点あったのです。一冊目《さつめ》は『道は生きている』です」

歌音《かのん》が、やった！　というふうに笑顔《えがお》になる。ああ、やっぱり、とあたしは思った。歌音《かのん》の発表もよかったし、何が書いてあるのかとても気になった。でも、先生は二冊《さつ》って、いった。まだ、期待が持てるかな。あたしは、どきどきしながら、先生の言葉を待った。もしも、チャンプ本になれたら、どうしよう……。

「二冊目《さつめ》は、『荻野吟子《おぎのぎんこ》』です」

あたしは、がっくりと肩《かた》を落とす。あーあ、だめだったか……。

ちらっと見ると、美彩《みさ》さんは、歌音《かのん》みたいに、すごくうれしそうにはしないで、

「幸哉《ゆきや》にさそってもらってよかった」

といって、ほんのりと笑顔《えがお》を見せただけ。

あたしが紹介《しょうかい》した本は、またしてもチャンプ本になれなかった。くやしかった。

陽人《はると》は、自分の準備《じゅんび》が足りなかったくせに、今度はリベンジだって、息まいていた。

あたしたちは、発表に使われた本をそれぞれ、手に取ってみた。

『世界で一番美しい海のいきもの図鑑《ずかん》』は、あんまり興味《きょうみ》が持てなかったから、チャンプ本を選ぶ時は除外《じょがい》していた。でも、こうして見てみると、たしかに図鑑《ずかん》

の写真は、はっとするほどきれいだった。神秘的《しんぴてき》というのか、海の生物は色もあざやか。虹色《にじいろ》のアミガサクラゲなんて、まるで漆黒《しっこく》の空にうかぶ宇宙船《うちゅうせん》みたいだ。かと思うと、擬態《ぎたい》といって、あえて色をかくす生物もいるという。

「海は生物の故郷《こきょう》なんだってさ」

と陽人《はると》。

「そういうことをいえば、よかったのに」

歌音《かのん》がツッコんで、笑い声がおこる。

「こういう、見て楽しい本もいいわね」

新井《あらい》先生がいった。

「だけどさあ、これだと、読みたい本というよりは、見たい本って感じだよな」

佑《たすく》がつぶやくと、陽人《はると》がすぐにむきになっていった。

「おれ、ちゃんと読んだからな。字だってけっこうあるんだから。知ってるか？魚って性転換《せいてんかん》するんだぞ」

「だから、そういうの話してくれればおもしろかったのに」

またしても歌音《かのん》がツッコんで、大笑いになった。

「美彩《みさ》は、参加してみてどうだった？」

と聞いたのは幸哉《ゆきや》くん。

「楽しかった。わたし、試験の前、がまんしてたから、本が読みたくてしょうがなかったの。だから、読めることがうれしくって。今日、ビブリオバトルに参加して、ますます読みたい本が増《ふ》えちゃった」

美彩《みさ》さんは、チャンプ本に選ばれた時よりも、うれしそうに笑った。

「バトラーが五人もいたのに、物語は一冊《さつ》だけだったわね」

新井《あらい》先生の言葉に、

「まあ、北原《きたはら》は、物語しか読まねえもんな」

と、佑《たすく》が、そういってにやっと笑う。

「だって、読書っていえば、やっぱ、物語だよ！」

あたしは、思わず大きな声を出した。

「わたしも、今日は伝記を紹介《しょうかい》したけど、好きなのは、物語かな」

と美彩《みさ》さんがいうと、となりに立っていた幸哉《ゆきや》くんもうなずいた。

「ぼくも、やっぱり、物語は好きだな。『怪盗クイーン』や『タイムスリップ探偵団《ていだん》』のシリーズとかは、四年ぐらいからずっと読んでるし、今は、翻訳《ほんやく》ものがおもしろいよ。マイケル・モーパーゴとか、アレックス・シアラーとか」

「あ、モーパーゴの『戦火の馬』は、幸哉《ゆきや》に教えてもらって、わたしも読んだ」

美彩《みさ》さんがいった。幸哉《ゆきや》くんって、だれにでも本をすすめちゃうのかな。でも、幸哉《ゆきや》くんのおすすめ本なら、あたしもさっそく、『戦火の馬』という本、読まなくちゃ。

「いろんなジャンルの本を読んでほしいのはもちろんだけど、物語もとても大切よ。だから、物語の本もたくさん読んでほしいわ」

と新井《あらい》先生もいったので、あたしはちょっと勝ちほこったみたいな気持ちになって、佑《たすく》を見てにやっと笑った。するとすぐにまた、佑《たすく》が憎《にく》まれ口《ぐち》をきく。

「けど、北原《きたはら》、関係ねえこといいすぎだよ。本屋で買ったとか、ポップがどうのとか」

たしかに、あれは失敗だったかも。そのせいで、ほかにいいたいことがあったのに、頭から飛んでしまったのだ。だから、チャンプ本になれなかったのかな。

「ねえ、岩岡《いわおか》くんは、どうして、わざわざ自分から緊張《きんちょう》しているなんていったの？」

歌音《かのん》が聞いた。

「それは……まあ、ちょっとは緊張《きんちょう》してたし、先にばらしたほうが、かえって落ち着くと思ったからだよ。けど、何を紹介《しょうかい》するか、すっごく迷《まよ》った。読書ノートめくって、あれこれ作戦練ったし。どの本だと、だれがくいついてくるかな、とか」

「ええ？　そんなこと、ぜんぜん考えなかったぜ！」

と、陽人《はると》が、すっとんきょうな声を上げた。

「あたしも。だって、自分が、みんなに読んでほしいと思った本を紹介《しょうかい》するんじゃないの？」

歌音《かのん》が少し不満げに口をはさむ。

「そうだけどさ。おれだって、もちろん、読んでほしい本を選んだよ。でも、紹《しょう》介《かい》したい本がたくさんあったら、この本だったら、だれが読みたいと思うか、って考えるだろ」

あたしは思わずうなずいて、

「それは、わかるよ。ゲームなんだから、勝ちたいと思うし、勝つために作戦練るの、当たり前でしょ」

といった。けど、今回は、作戦成功、というふうにはいかなくて、結局、好きな物語にもどっちゃったけど。でも、次はぜったい、チャンプ本を勝ち取りたい。

「いろんな考え方があっておもしろいわね。ビブリオバトルが終わったあとに、あれこれ話したり、人が紹介《しょうかい》した本をながめたり、その本についていろいろ話したりする。わたしは、その時間がいちばん好きなのよ」

と新井《あらい》先生が、笑顔《えがお》でいった。

「あたしもです！」

つい、大きな声で叫《さけ》んでしまった。みんなには笑われてしまったけど、やっぱり、この楽しさ、瑠衣《るい》にも味わってほしいって、思った。

あとからわかったことだけど、図書館の『白い扉《とびら》の家』を借りていたのは、なんと純夏《すみか》だった。

図書館《としょかん》だより 03

今月《こんげつ》のおすすめ

☆ブックトークはこんなに楽しい

堀之内瑠衣《ほりのうちるい》

わたしは本が好きです。でも、3年生ぐらいまでは、自分が好きな物語ばかりを読んでいました。ところが、4年生の時、新井《あらい》先生のブックトークを聞きました。たしか、6月ごろで、テーマは梅雨時《つゆどき》にちなんで雨でした。雨に関係する絵本や、お話だけじゃなくて、理科の本も教えてくれました。ブックトークは、これからどうなるの？　というところで終わるので、どうしても続きが読みたくなってしまうのです。ですから、その時も、ふだんはあまり読まない理科の本まで読んでしまいました。6年生になると、図書の授業《じゅぎょう》で、ブックトークを自分たちでやるそうです。わたしは、ブックトークがうまくできる人になりたいです。自分が紹介《しょうかい》した本に、みんなが興味《きょうみ》を持ってくれたらとてもうれしいと思います。

☆ビブリオバトルはここがおもしろい

北原柚希《きたはらゆずき》

ビブリオバトルの話を最初に聞いて、なんかおもしろそう、やってみたいって思いました。やってみたら、やっぱりおもしろかったです。ほかの人がどんな本を紹介《しょうかい》するか、それを想像《そうぞう》するだけでわくわくします。それと、本の紹介《しょうかい》のしかたも1人1人ちがっていて、個性《こせい》が出ます。もう1ついいところは、説明するためにじっくりと読むことです。これまでは本は1度しか読まなかったけど、もう1回読んで発見することもあるな、って思いました。姉に聞いたら、親友が、意外な本を紹介《しょうかい》したのでおどろいたそうです。知っている人同士でやると、その人らしい本を紹介《しょうかい》してる、と思う時もあるし、意外な本を紹介《しょうかい》してきてびっくりする時もあります。「本を通して人を知る、人を通して本を知る」そこがビブリオバトルのおもしろさです。

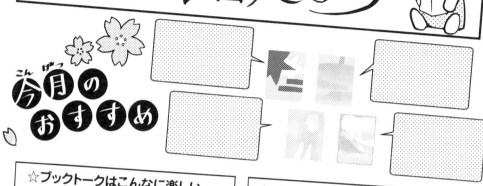

7

恋《こい》わずらい？

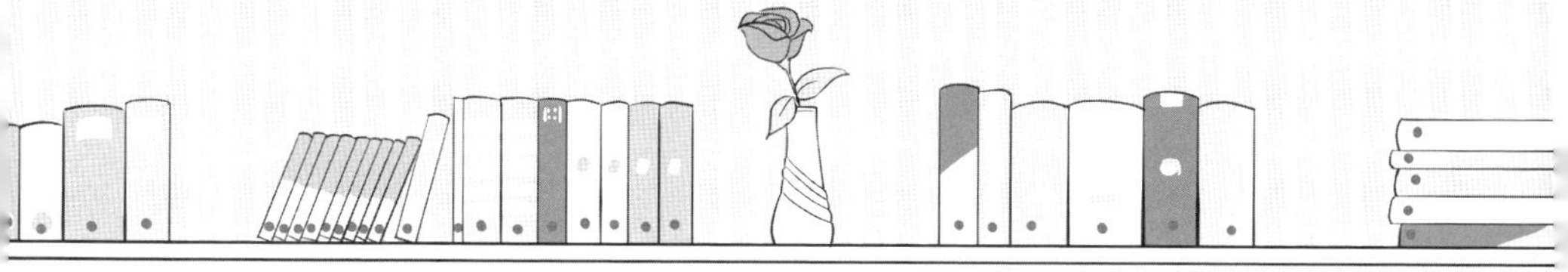

三月になった。

三回目のビブリオバトルは、バトラーは五年生だけで、卒業式の少し前に行うことが決まっている。参戦希望のしめきりは三月十五日だ。今度はなんの本にしようかと、あたしは頭をなやませていた。幸哉《ゆきや》くんたち六年生も、もしかしたら観戦してくれるかもしれない。幸哉《ゆきや》くんが聞いてくれてる前で、今度こそ、チャンプ本を勝ち取りたい。

でも、その前に、ホワイトデーがある。お返しくれるだろうか。梨那《りな》ネエの話では、キャンディーだったら本命、クッキーとかだと無難《ぶなん》なお返し、マシュマロをもらったらアウトらしい。もしも、キャンディーをもらえたら……。そしたら、学校からいっしょに帰る。何を話そうかな。やっぱり、中学のこととかかな。幸哉《ゆきや》くんは、受験しなかったから、一年後には、あたしも同じ学校の中学生になる。中学生になったら、幸哉《ゆきや》くんは図書委員をやるのだろうか。それならあたしもぜったい図書委員になろう。と、そんなことを考えながら、何度も自分に言い聞かせるようにうなずいていると、瑠衣《るい》がけげんそうな目を向けた。

「どうかしたの？　柚希《ゆずき》」

「あ、なんでもない。瑠衣《るい》の書いた記事、おもしろかったよ。瑠衣《るい》が、ブックトーク、大好きって思ってるの、伝わってきた。あたし、前にもいったけど、ブックトークも、好きだよ」

瑠衣《るい》が図書館だよりに書いたのは、自分が聞いたブックトークがきっかけで、読書のはばが広がったということ。でもそれって、ビブリオバトルにもいえることじゃないかな。

「ありがと。柚希《ゆずき》の書いた記事も、なるほどって思ったよ。意外な本を紹介《しょうかい》してくることがあるっていうのは、ちょっとおもしろいかも」

「うん。あとね、梨那《りな》ネエが、紹介《しょうかい》したことで、その本を思ってた以上に好きだったんだって、わかったって」

「へえ？　ビブリオバトルも、いろいろ発見することがあるみたいだね」

「ねえ、瑠衣《るい》も今度やろうよ」

「そうだねえ。紹介《しょうかい》し合うだけなら、やってもいいんだけどね」

チャンプ本を選ぶのもおもしろいんだけどな。だけど、そればっかりは、自分でやってみないとわからないかもしれない。

新井《あらい》先生は、あたしの書いた文章も、瑠《る》衣《い》が書いた文章もそれぞれよかったといってくれた。おもしろかったのは、陽人《はると》の反《はん》応《のう》で、「おれ、ビブリオバトルがなかったら、本なんて読まなかったかも」と、あたしにではなく、瑠衣《るい》にいいにきたそうだ。

そのことを教えてくれたあとで、瑠衣《るい》は

笑いながらこんなことをいった。

「陽人《はると》にとっては、よかったんだろうな。ああいうゲームっぽいことで、本に興《きょう》味《み》を持つ子も、いるなら、悪くないかもね」

瑠衣《るい》がちょっぴりビブリオバトルに興味《きょうみ》を持ってくれていることを、幸哉《ゆきや》くんに話したかった。けれどこのところ、六年生はいそがしいのか、あまり図書館にやってこない。記事の感想も聞きたかったのにな……。

ふとカレンダーを見る。ホワイトデーまで、あと十日だ。そのことを考え始めると、胸《むね》が苦しくなる。お返し、くれるかな……。

新井《あらい》先生からは、三月のビブリオバトルで、バトラーをやりたい人は、十五日までに申しこむようにといわれた。先着五名までというけれど、今度はだれが参戦するんだろう。陽人《はると》、歌音《かのん》は申しこむだろうし、佑《たすく》もまたやりたいといっていた。

そろそろ本気で、紹介《しょうかい》する本のことを考えなければいけないのだけれど、あたしは、イマイチ、気分が乗らなかった。正直いって、本を読む気力もあまりなかった。

それでも毎日、図書館に行った。図書館でまずやることは、幸哉《ゆきや》くんを探《さが》すこと。でも、今日も来ていないと思い、がっかりして帰る日が続いていた。

そんなある日の放課後。図書館に入ってすぐに、あっ！　と思った。背中《せなか》を向けて本を読んでいるチェック柄《がら》のシャツが目に入った。幸哉《ゆきや》くんだ！

あたしは、思わずかけよって、声をかけた。

「久しぶりですね！」

ところが……。

「きのうも会ったろ」

いぶかしそうな顔でふり返ったのは、佑《たすく》だった。うそ！　なんで佑《たすく》がチェックの服なんか着るの？

「じょ、冗談《じょうだん》だよ」

あたしは笑ってごまかす。その時、佑《たすく》はさっと本をかくした。もしかして、ビブリオバトルに使う本なのかな、と思ったけれど、どうでもいいか、と思い直す。

「北原《きたはら》、ビブリオバトル、参戦するんだろ」

「……うん、まあ、そのつもりだけど」

「どうかしたのかよ。めずらしく、元気ないぞ」

「そんなことないよ」

「しっかりしろよ。元気だけが取り柄《とえ》だろ」

元気だけが取り柄《とえ》？　思わずむっとした。やっぱり、佑《たすく》って、いやみなやつだな、って思った。

その日の帰りに、あたしは佑《たすく》にいわれたことを瑠衣《るい》に話した。

「まったく、口が悪いね」

瑠衣《るい》は、おかしそうに笑った。

「ほんと、ひどいでしょ」

「けど、岩岡《いわおか》くんなりに、柚希《ゆずき》のこと、心配したのかも」

「まさかぁ」

「だって、なんとなくだけど、柚希《ゆずき》、ちょっと元気ないみたいな気がするんだよね、あたしも。かぜとか、引いたりしてない？」

「ええ？　ぜんぜん。元気だよ」

そう答えたものの、本当は自分でもわかっていた。病気とかじゃないけど、このところずっと、気持ちが落ち着かないのだ。

「そうだ、柚希《ゆずき》。新井《あらい》先生に聞いたんだけど、今度の日曜に、アカシア書店のイベントで、店員さんのブックトークがあるんだって。児童書売り場でずっと働いてる人でね、子どもの本にくわしくて、新井《あらい》先生の知りあいなんだよ。行ってみない？」

「うーん……やめとく」

瑠衣《るい》は、眉《まゆ》を寄《よ》せた。

「ねえ、やっぱり、柚希《ゆずき》、元気ないみたい」

「大丈夫《だいじょうぶ》だよ」

あたしはむりに笑った。


家に帰ってからも、あたしはなかなか本を読めずにいた。ビブリオバトルの申しこみのしめきり日が近づいているのに、本を選ぶ気持ちにさえならない。ある時、

「どうしたの、ため息ばかりついて」

と、ママにいわれて、びっくりした。

「え？」

無意識《むいしき》に、何度もため息をついていたらしい。

「何か、なやみでもあるの？」

「そんなの、ないよ、別に」

「気になる子でも、いるんじゃないの？」

梨那《りな》ネエがにやにや笑いながらいった。

「いるわけ、ないでしょ！」

むきになってあたしは否定《ひてい》した。でも、なんだか顔がほてってきた。

「どうかな？　小五にして、恋《こい》わずらいとか？」

あたしは、思わず大きな声でどなってしまった。

「ビブリオバトルの本が、決められないの！」

そんなの、うそだ。ううん、決められないのは、ほんとだけど、ビブリオバトルのことなんて、ぜんぜん考えられないのだから。

これって、まさか、梨那《りな》ネエがいうように、ほんとに恋《こい》わずらい？

あたしは、またしても、ため息をついてしまった。

ホワイトデーがだんだん近づいていた。どうか、幸哉《ゆきや》くんが、お返しをくれますように。

幸哉《ゆきや》くんのことが気になる。でも、もう何日も顔を見ていない。卒業前で六年生はいそがしいのかもしれないけれど、昼休みぐらい、図書館に来てくれればいいのに。前みたいに話ができないのが、さびしい。

「六年生、あまり来ないなあ」

気になったのは、幸哉《ゆきや》くんだけど、まさかそうはいえないので、そんなふうにつぶやくと、陽人《はると》が意外なことを教えてくれた。

「六年のあいだで、インフルエンザがちょっと流行《はや》ったらしいぜ。学級閉鎖《へいさ》になるほどじゃなかったみたいだけど、上山《うえやま》くんも、並木《なみき》さんもかかったって」

そうだったんだ。それで、図書館に来なかったんだ。あたしは、一気に気が抜《ぬ》けた。だったらきっと、また図書館にも来てくれる。だって、幸哉《ゆきや》くんは、図書館が大好きなはずだから。あたしの気分は、いくらか持ち直した。

幸哉《ゆきや》くんはバレンタインデーのお返しをくれるだろうか。

もし、お返しをもらえるとしたら、何がいいだろう。おかしならキャンディーがマルって梨那《りな》ネエはいってたけど、でも、お花とかならもっとすてきかも。かわいらしい小さなバラを一輪、手わたしてくれる幸哉《ゆきや》くんを想像《そうぞう》したら、顔がほてってきた。

もっと小さなものでもいい。キャラメル一個《こ》だって、幸哉《ゆきや》くんからもらったら、うれしい。ううん、ものなんてくれなくていい。いっしょに帰ろう、なんていってくれたら……。

いよいよホワイトデーまであとわずかになった。ビブリオバトルの本はまだ決まらない。それどころか、三月になってから、ほとんど本を読んでいない。読もうと思って開いても、ちっとも頭に入ってこないのだ。

ホワイトデーの前の日には、何日か前に借りた本を、結局読まないまま返却《へんきゃく》してしまった。

家に帰ってからもぼんやりしていると、おばあちゃんに声をかけられた。

「ビブリオバトルの本は決めたの？」

「まだ、決めてない」

「そろそろしめきりだったんじゃない？」

「申しこみのしめきりが十五日だから。本はそれからでも間にあうよ」

でも、ちゃんと読んで何を話すかまで考えるとすると、そんなに時間がない。

それで、

「何かおすすめの本、ある？」

と聞いた。おばあちゃんは、いくつか本の名前をあげたけれど、あたしは上の空。

そして、気がつくとため息をつく。

「柚希《ゆずき》、聞いてるの？　なんだか、心ここにあらずって感じだけど」

見すかされてるみたいだ。ビブリオバトルのことなんて考えられない。梨那《りな》ネエに、恋《こい》わずらい？　ってからかわれてから、あたしはますます、幸哉《ゆきや》くんのことを考えるようになっていた。

幸哉《ゆきや》くん、明日の昼休みか放課後、図書館に来てくれるかな。来てくれるよね
……。

8

ホワイトデーは晴れのち雨

ホワイトデーの日は、春らしい暖《あたた》かな日だった。よく晴れて気持ちよさそうな青空が広がっている。でも、あたしは朝から落ち着かなかった。学校に着いてからも、授業《じゅぎょう》に集中できないまま、窓《まど》から外をながめてばかりいて、先生に二回も注意されてしまった。体がふわふわして落ち着かない。瑠《る》衣《い》からは、

「ねえ、柚希《ゆずき》、なんか変だよ。ちょっと顔赤いし、熱でもあるんじゃない？」

なんて心配されてしまった。

昼休みになると、あたしはおぼつかない足取りで図書館に行った。その日は、当番じゃなかったから、広いテーブルに座《すわ》って、ぼんやりと頬《ほお》づえをついていた。

「北原《きたはら》、なんか変だぞ」

と佑《たすく》にいわれたけれど、無視《むし》した。一年生から、本読んで、ってたのまれた。でも、それも「ごめんね、今はだめ」と断《ことわ》った。

結局、昼休みに幸哉《ゆきや》くんはやってこなかった。放課後も、幸哉《ゆきや》くんが図書館に来なかったら、あたしは失恋《しつれん》ってことになるのかな。そう思うと、胸《むね》がきゅーっと苦しくなった。あたしは、ぼんやりしながら、なんとか午後の授業《じゅぎょう》を乗り切った。

放課後、すぐに図書館に行って、しばらく待ってみた。でも、貸《か》し出《だ》し当番以外の六年生はだれも来なかった。

あたしは、図書館を出ると、三階にある六年二組の教室へと向かった。そっと教室をのぞいてみたけれど、すでにだれもいなかった。

もう、帰ってしまったのだろうか。なんだかがっかり。しかたなく引き返して階段《かいだん》を下りかけた時、上のほうから、話し声が聞こえて、思わず足を止める。その声に聞き覚えがあったのだ。

「……ほんとにあたしにだけ？　けっこうチョコもらってたでしょ」

美彩《みさ》さんの声だった。そして……。

「だって、好きじゃない相手にお返しするなんて、かえっていけないんじゃないかなって、思ったんだ。といって、せっかく用意してくれたものを、いらないって断《ことわ》るのも悪いと思ったから、受け取ったけど。バレンタインデーのお返しは、別に義務《ぎむ》じゃないだろ」

幸哉《ゆきや》くんだった。

「ねえ知ってた？　今日で、つきあい始めて、ちょうど三か月なんだよ。でも、もうすぐ、卒業なんて……。やっぱり、幸哉《ゆきや》も同じ学校、受験できればよかったって思っちゃう。先生にもすすめられてたのに」

「そうしたかったけどさ。おれんち、そんなに余裕《よゆう》ないから、私立《しりつ》は最初からあきらめてた」

「ごめんね。わかってたことなのに、つい。もう、学校で会えなくなると思うとさびしくて……」

「何いってんだよ。家だって遠くないし、いつだって会えるだろ」

「うん、そうだね。そうだよね」

そう答えた美彩《みさ》さんの声は、ほとんど涙声《なみだごえ》だった。

その後、あたしはどうやって階段《かいだん》を下りて、学校を出たのか、記憶《きおく》がなかった。はっと気がついた時には、学校裏《うら》の花月《かげつ》公園に立って、学校を見下ろしていた。

空をながめると、朝の晴天がうそみたいに、どんよりとした低い雲がたれこめていた。なんだかあたしの気持ちみたいだ、と思ったら、すーっと涙《なみだ》が流れた。けれど、涙《なみだ》だけじゃなかった。ぽつりぽつりと、地面に水玉模様《もよう》ができていく。あたしの頰《ほお》にも、雨が当たった。

それでも、あたしはしばらくそこにつっ立っていた。

なんで気がつかなかったんだろう。幸哉《ゆきや》くんと美彩《みさ》さんが、三か月も前からつきあっていたなんて。

雨が少し強くなった。同時に涙《なみだ》がどんどんあふれてきた。泣くなんて、くやしい。あたしはぎゅっとくちびるをかみしめた。でもやっぱり、涙《なみだ》が止まらない。

かわいた地面にできた水玉模様《もよう》が、すっかりなくなって雨が地面全体にしみこんだのを見て、あたしはようやく公園をあとにした。

家に帰ると、おばあちゃんが、目を丸くしていった。

「柚希《ゆずき》、どうしたの。びしょぬれじゃないの。傘《かさ》はなかったの？」

「だって、朝、晴れてたもん」

「よく体ふいて。おふろに入ってしまったら？」

おばあちゃんの声を背中《せなか》で聞きながら、

「平気」

と答えて、自分の部屋に引っこんだ。ぬれた服を着替《きが》えて、そのままベッドにたおれこむ。

どうしよう。涙《なみだ》が止まらない。幸哉《ゆきや》くんは、あたしのことなんて、なんとも思ってなかった……。

夕飯の時間になって、ママが呼《よ》びにきた。

「柚希《ゆずき》、ご飯よ。降《お》りてらっしゃい」

でも、あたしはベッドにもぐったまま、かすれた声で、

「いらない」

といった。

「何わがままいってるの、ちょっと、入るわよ」

少しおこったような声でいってから、ママが入ってきた。ほっといって、と叫《さけ》ぼうとしたけれど声が出なかった。

「ちょっと、柚希《ゆずき》、どうしたの。顔が赤いわよ」

ママが眉《まゆ》を寄《よ》せながらあたしに歩《あゆ》み寄《よ》る。そして、額《ひたい》に手をのばす。

「やっぱり、少し熱っぽいみたいね」

心配そうな顔でそういうと、いったんあたしの部屋を出たママは、すぐに、体温計を持ってもどってきた。ちゃんと測《はか》ってみなさいといわれて、いやいやわきの下にはさむ。たしかに、顔が熱いし、頭もふらふらする。ピピピと体温計が鳴ったので、取り出してママにわたした。

「……三十七度九分。かぜ引いたみたいね。明日の朝も熱が下がらなかったら、お医者さんに行きましょうね」

あたしは、ぜんぜんお腹《なか》が空いてなかったけれど、家族を心配させてはいけないと思ったので、ママが急いで作ってくれたおかゆを食べた。

ベッドに横たわっていると、やっぱり幸哉《ゆきや》くんのことが頭にうかんでしまう。

親しそうに話していた幸哉《ゆきや》くんと美彩《みさ》さん。そういえば、前からおたがい、幸哉《ゆきや》、美彩《みさ》と呼《よ》びあっていた。ブックトークの時も並《なら》んで座《すわ》っていた。美彩《みさ》さんがビブリオバトルに参戦したのも、幸哉《ゆきや》くんがさそったからだ。

幸哉《ゆきや》くんは、あたしのことなんてぜんぜん興味《きょうみ》がなかったのに、一人で勝手に喜んだり不安になったりして、ばかみたい。

また、涙《なみだ》があふれる。いっそ、このままずっと、雨がやまなければいいのに……。

次の日、熱はほとんど下がったので、お医者さんには行かなかった。でも、まだ鼻水が出るし体がだるかったから、ママからは学校を休むようにいわれた。病気になったために、たくさん泣いたのがばれなくてすんだので、そのことだけはよかった。

お昼は、おばあちゃんが作ってくれたうどんを二人で食べた。

「柚希《ゆずき》、明日は、学校、行けそう?」

「……たぶん」

「そういえば、ビブリオバトルの本、決めたの？」

そういわれて思い出した。たしか、参戦のしめきり、今日だったはずだ。でも、もうビブリオバトルなんて、どうでもいい気がした。

図書委員の活動はすごく楽しかった。それは、幸哉《ゆきや》くんがいたから。自分でも、本が好きになってきたと思っていたけど、図書館に毎日通っていたのは、幸哉《ゆきや》くんに会えるからだった。だけど、幸哉《ゆきや》くんは、三か月も前から美彩《みさ》さんとつきあっていた。あたしが入りこむすきなんて、最初からなかったのだ。

それだけじゃない。幸哉《ゆきや》くんが、本当は中学受験したかったけど、おうちの事情《じじょう》であきらめたなんて。そんなことも知らないで、脳天気《のうてんき》に、また鷺山《さぎやま》中学でいっしょになれる、なんて喜んでいた。幸哉《ゆきや》くんのこと、ぜんぜんわかってなかったのだ。知ろうともしなかった。あたしはただ、自分の気持ちを相手におしつけることしか考えてなかった。そう思うと、ますますどよーんとした気分になってくる。あたし、だめだめじゃん……。

その翌日《よくじつ》は、学校に行った。まだ、目がはれぼったくて、けっこう悲惨《ひさん》な顔。

かぜのせいじゃない。たくさん泣いたから。でも、マスクを取ると鼻のまわりが赤くて、鼻声なので、みんなはかぜがまだ完全に治ってないのだと思ってくれたみたい。

放課後、つかれが出たのか、体が重く感じた。

「柚希《ゆずき》、大丈夫《だいじょうぶ》？　なんか、だるそうだけど」

と、心配顔の瑠衣《るい》に聞かれた。

「うん。もう熱下がったし。でも、今日は、すぐに帰るね」

「わかった。あのね、柚希《ゆずき》、あたし……」

「ん？」

「ううん、なんでもない」

家に帰ってからも、ベッドの上に座《すわ》ってひざを抱《かか》え、ぼんやりと過《す》ごす。幸哉《ゆきや》くんのことは考えないようにしようと思った。それなのに、油断《ゆだん》するとすぐに笑顔《がお》がうかぶ。そのたびに、じわっと涙《なみだ》がわいてくる。

なんの気力もわかなかった。本棚《ほんだな》の本が目に入る。この数か月でずいぶん増《ふ》えた。学校でもたくさん借りたけれど、買った本もあるし、おばあちゃんからもらった本もけっこうある。

だけど、あたしが本を一生懸命《いっしょうけんめい》読んだ、いちばんの理由は、幸哉《ゆきや》くんと本の話をしたかったからだ。たぶんあたしは、本なんて好きじゃなかったのかもしれない。

次の日の朝のこと。教室に入るとすぐに、

「北原《きたはら》、ビブリオバトル、やる本決めたのか?」

と、陽人《はると》に聞かれた。

「え? あたし、申しこんでないよ。かぜ引いて休んでいるうちに、しめきり過《す》ぎちゃったから」

「何いってんだよ。ちゃんとメンバーに入ってたぞ。おれ、きのう、新井《あらい》先生に確認《かくにん》したから」

そんなはずはないのに。まあ、どうでもいい。どのみち、本なんて読んでないし、参加するつもりはなかった。図書委員でいるのも、つらいくらいなのだから。

その日の昼休み、あたしは数日ぶりに図書館に行った。貸《か》し出《だ》し当番をさぼるわけにはいかなかったから。

図書館に入ると、すぐに新井《あらい》先生に声をかけられた。

「北原《きたはら》さん、かぜ引いたんですって？　もう大丈夫《だいじょうぶ》なの？」

「はい、なんとか」

「いつも元気な北原《きたはら》さんがいないと、なんだかさびしかったわよ。インフルエンザじゃなくてほんとによかったわね。ビブリオバトル、来週だから」

あたしは首をかしげた。やっぱり先生も、あたしが参加すると思っているみたいだ。

「あの、あたし、申しこんでないので。しめきりの日、学校休んだから」

「そうだったわね。でも、大丈夫《だいじょうぶ》よ。堀之内《ほりのうち》さんが、かわりに申しこんでくれてるから。北原《きたはら》さん、休んでいるけど、出ますからって」

瑠衣《るい》が？　そういえば、きのうの放課後、何かいいかけてやめたけど、あれは、このことだったのだろうか。でも、そんなこと、たのんでないのに……。

カウンター近くで、佑《たすく》が取り出した本をじっと見つめていたので、あたしは近づいていった。佑《たすく》はチェック柄《がら》のシャツを着ていた。あのシャツを見て、幸哉《ゆきや》くんが来たって、かんちがいしたことあった。また少し、ちくりと胸《むね》が痛《いた》んだけど、

あたしは、

「それ、借りるの？」

と、佑《たすく》に声をかけた。すると、さっと本をかくされてしまった。

「別にかくさなくてもいいのに」

「ビブリオバトルに使うか考えてるんだから。で、北原《きたはら》は、もう決めたのか？」

「まだ。病気してたから」

「まったく、鬼《おに》のかくらんだよな。心配させんなよな」

「あたしが鬼《おに》なの？　ひどいな」

「なんだ、知らないのか？　ふだん元気な人が、めずらしく病気することをそういうんだよ」

相変わらずの上から目線だけど……。

ちょっと待って。さっき、心配させせんなよなっていった？　その時、ふと思った。そういえば、前にも、「元気だけが取り柄《とりえ》」っていわれて、腹《はら》が立ったけど、あれも、もしかしたら、佑《たすく》なりのはげましだったのかも……。

「とにかく、おれは、チャンプ本めざすから、北原《きたはら》も、まじめにやれよな」

そうだ、あたしもビブリオバトル、やらなくちゃいけないんだった。でも、イマイチ、やる気が出ない。本だって読んでない。

当番は、純夏《すみか》といっしょだった。もともとおとなしい子だから、会話ははずまなかった。

あたしたちは、ただ黙々《もくもく》と貸《か》し出《だ》し作業を行った。口にする言葉といえば、「期限《きげん》を守って返してくださいね」といった事務的《じむてき》なことだけだった。

休み時間が残りわずかになった時のこと。

「あの、北原《きたはら》さん」

と、純夏《すみか》に声をかけられた。何？　というふうに首をかしげて純夏《すみか》を見る。

「ちょっと、相談があるんだけど」

「相談って、あたしに？」

「うん。……あたし、今度、ビブリオバトルに参戦するの」

「え？　そうだったんだ」

ちょっとびっくりした。委員会でも、めったに発言しない純夏《すみか》が？

「新井《あらい》先生にはげまされて、やってみることにしたんだけど。でもやっぱりやめておけばよかったかな、ってなやんでて」

「でも、もう、申しこんだんでしょ」

「そうなの。だから、今さらやめるなんていったら、みんなにも迷惑《めいわく》かけちゃうし。北原《きたはら》さん、前に、楽しかったっていってたでしょ。で、どんなふうに話したらいいか、教えてもらえないかなって思って……」

「あたしより、陽人《はると》や歌音《かのん》に聞いたほうが参考になるんじゃない？」

「和田《わだ》くんとは、ほとんどしゃべったことないから。宮本《みやもと》さんにも聞いたけど、宮本《みやもと》さんは、思い思いのやり方でいいんだよって、それしかいってくれなかったから」

歌音《かのん》らしいなと思った。あたしがだまっていると、純夏《すみか》はまたおずおずと口を開いた。

「あたし、北原《きたはら》さんみたいに、積極的に発言できる自信ないし」

「それでも、参戦しようと思ったのは、どうして？」

「それは……新井《あらい》先生にすすめられたから。あたし、新井《あらい》先生には、なんでも話せるの。自分が読んだ本の感想とか、ここがおもしろかったとか」

「あ、なんか、わかる」

あたしも、おもしろいと思った時とか、新井《あらい》先生に話したくなったことが何度もあったのだ。先生をつかまえては、本の話をして、それから先生に本を教えてもらって……。

「そしたら、先生が、林《はやし》さんはそれだけ本について話したいことがあるのだから、ビブリオバトルに参戦してみたら？　っていわれたの」

「それで出ることにしたんだ」

「うん。けど、やっぱり、どうしていいかわからなくて。原稿《げんこう》書いて、読んだらだめなんでしょ」

「でも、あたし、この前、原稿《げんこう》は作ったよ。その通りに話さなかったけど。あたしだって、そんなに発表とか得意じゃないから。自分が話したいことを順番に書いて、頭に入れた。それに、原稿《げんこう》読むのはいいんだけど、メモを見るのはNG《エヌジー》だけど、メモを見るのはいいんだよ」

「じゃあ、まず話そうと思うことを書き出して、そのあとで、要点をメモにすればいいんだね。ありがとう！」

純夏《すみか》はにっこり笑った。それを見て、ちょっぴりうれしくなったし、少しだけ前向きな気持ちが芽生えてきた。

朝も昼も、瑠衣《るい》と話す時間がほとんどなくて、ふたりだけになったのは放課後。瑠衣《るい》がなんだかもじもじしているから、図書館に行く途中《とちゅう》のろうかで、思いきってあたしから聞いてみた。

「ねえ、瑠衣《るい》、ビブリオバトル、あたしのかわりに申しこんでくれたんでしょ。どうして？」

「……だって、ビブリオバトルのこと、すごく楽しそうに話してたでしょ。だから、あたしのこともさそってくれたんだって、気がついたんだ。それで、新井《あらい》先生に、柚希《ゆずき》はかぜで休んでいるけれど、やりたいはずだっていったの。でも、あとから、もしかして、よけいなことしちゃったかな、って思って、すぐにいえなくて……」

心配そうな顔の瑠衣《るい》を見て、あたしは首を横にふった。

「よけいなことだなんて、そんなことないよ。ありがとう。参戦できないと思ってたから、まだ本も決めてないけど、がんばるよ」

だって、せっかく、瑠衣《るい》があたしのために申しこんでくれたのだから。

「応援《おうえん》するよ」

「ってことは、観戦してくれるの？」

「うん。でも、ひいきはしないからね」

瑠衣《るい》はようやく笑顔《えがお》になった。

9

やっぱり本が好き

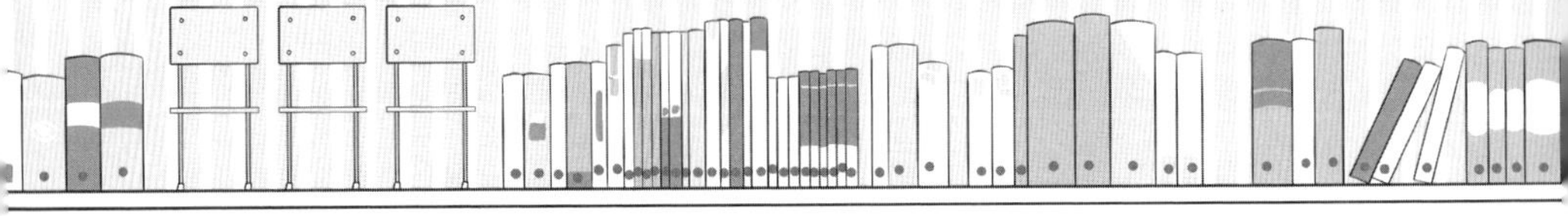

第三回目のビブリオバトルの日がきた。

正直いって、準備《じゅんび》不足だった。あわてて決めた本は、日本の物語。おもしろかったけど、それをどう伝えるか、考えがまとまらない。

放課後、みんなで準備《じゅんび》に取りかかった。いすを並《なら》べたり、テーブルの上にパソコンをセットしたり。前回よりも観戦者が多いので、タイマーは白いかべをスクリーンにして大きく映《うつ》し出《だ》すことにした。

五年生の観戦者は、なんとバトラー以外の図書委員全員。卒業を間近にひかえた六年生も半分ぐらいは来てくれた。その中に美彩《みさ》さんもいたが、幸哉《ゆきや》くんの姿《すがた》はなかった。用事があって、どうしても観戦できなくて、残念がっていたと、美彩《みさ》さんが新井《あらい》先生に話していた。あたしは、内心では、少しほっとしていた。美彩《みさ》さんを見るのもちょっとつらいけれど、幸哉《ゆきや》くんがいたら、悲しくて何も話せなくなってしまいそうだったから。

司会は、新井《あらい》先生がすることになった。順番は、今回も番号くじで決めた。いちばんを引いたのは、佑《たすく》だった。

「みなさん、野球は好きですか？　大リーグではヒットメーカーで守備《しゅび》も上手なイチローが、今もがんばってますよね。大リーガーとしても、もう十五年以上もキャリアがあるそうです。すごい！　でも、やっぱり野球の物語やマンガって、ピッチャーものが多いですよね。『バッテリー』とかもそうでしょ。あと、打者なら、なんといってもホームランをどんどんかっ飛ばすような強打者が魅力《みりょく》ですよね。でも、今日、ぼくが紹介《しょうかい》する本の主役は、そういうのとはちょっとちがうんです」

佑《たすく》はいったん言葉を切った。前回は、緊張《きんちょう》しているなんて断《ことわ》ってから、話し始めた佑《たすく》だけれど、今日は最初から堂々とした話しぶりだった。

「実は、この物語の主人公は、なんと盗塁《とうるい》だけが得意なんです。考えようによっては、地味ですよね。野球好きの友だちにこの本の話をしたら、やっぱり、野球は投げて打ってだろ、っていわれてしまいました。うーん」

佑《たすく》は、ここでわざとらしくため息をついた。それから、少し間を置いて、そっと本を取り出す。

「タイトルは『盗塁王《とうるいおう》』です。主人公の明生《あきお》は、名前とは反対で、どっちかっていうと、暗い感じの男子。守備《しゅび》はライト。そこだけはイチローといっしょ。バッターとしてはイマイチ。だから先発ではなく、代打や代走で出ることもけっこう多い。つまりレギュラーじゃない。ただ、すごく足が速いわけじゃないのに、なぜか盗塁《とうるい》が上手なんです。そんな、いかにも脇役《わきやく》っぽい選手がどんな活躍《かつやく》をするか。それから、明生《あきお》にはチームメイトのだれも知らない、秘密《ひみつ》があるんです。それがどんなことか、ネタばれになっちゃうからいえないけど、ぜったいおすすめです」

佑《たすく》の発表が終わったあとで、ディスカッションタイムになったけれど、質問《しつもん》する人がいなかった。タイマーが十五秒ぐらい経過《けいか》してから、ようやく、後ろのほうに立っていた美彩《みさ》さんが手を上げた。

「わたしは野球のこと、よく知らないんだけど、ルールとかがわからなくても、読めますか」

「もちろん野球を知っているほうが、よけい楽しいと思うけど、細かいルールはわからなくてもオッケーです。心理描写《びょうしゃ》とかがおもしろいし、あと、主人公の初《はつ》恋《こい》がからむから、けっこう女子ウケもすると思います」

あたしは、佑《たすく》の発表を聞いているうちに、読んでみたくなった。スポーツものはそれほど好きじゃないけれど、マイナーな設定《せってい》にひかれる。それに、盗塁《とうるい》が上手っていうのもなんだか忍者《にんじゃ》みたいでおもしろそうだ。

二番手は、歌音《かのん》だった。

「みなさんは、愛読している雑誌《ざっし》って、ありますか？　それは、マンガですか？　ファッションやアイドルのことが書いてある雑誌《ざっし》？　ニュースの雑誌《ざっし》、なんてまじめ派《は》もいるかも。あたしは、図書館にある雑誌《ざっし》を読むのが好きで、時々、ぱらぱらっとながめてます。でも、一冊《さつ》だけ、自分のお小遣《こづか》いで買っている雑誌《ざっし》があるんです。もちろん、この図書館にもあるけど、手元に置いておきたいから」

あたしは、前に歌音《かのん》が図書室で雑誌《ざっし》を読んでいたことを思い出した。たしか、『ジュニアエラ』っていう世の中のできごとが書いてある雑誌《ざっし》だ。あの時は、雑《ざっ》誌《し》だからビブリオバトルのためじゃないんだなって思ったし、そのすぐあとは、『道は生きている』という本を紹介《しょうかい》したけど、まさか、今日は雑誌《ざっし》なのだろうか。というか、雑誌《ざっし》でも、いいの？

「それは、これです。『子供の科学』という雑誌《ざっし》で四年生になった時から、毎月楽しみに読んでます。もしかして、あれ？　ビブリオバトルって雑誌《ざっし》もあり？　って思った人、いるかもしれません。あたしも気になって、先生に聞いたんです。そしたら、いいって。それどころか、マンガでもいいんです。ビブリオバトルは、なんでもありなんだって。だから、今日は堂々と紹介《しょうかい》できます。雑誌《ざっし》って、いろんな記事がのってます。だから一冊《さつ》の雑誌《ざっし》をすみからすみまで読まない人もいます。あたしは、『子供の科学』は全部読むけど」

歌音《かのん》は、にやっと笑った。いつの間にか雑誌《ざっし》を引っくり返して、裏《うら》を見せている。

「じゃあ、何十冊《さつ》もある中から、なんでこの号を選んで持ってきたのか。理由があります。雑誌《ざっし》には、特集の記事があるんです。あたしは、この、二〇一六年九月号の特集記事を、ぜひ、みんなにも読んでもらいたい、そう思ったから、この号を持ってきました」

雑誌《ざっし》の特集って、たいてい、表紙に大きな文字で書かれている。今のも何か書いてあったような……でも、なんだったろう。

「あたしは、最初のビブリオバトルで、『地震《じしん》のはなしを聞きに行く』という本を紹介《しょうかい》しました。地震《じしん》はこわいです。でも、こわいのは、地震《じしん》だけじゃないですよね。何年か前に、埼玉《さいたま》と千葉《ちば》で竜巻《たつまき》があって、大きな被害《ひがい》が発生しました。最近は、毎年どこかで竜巻被害《たつまきひがい》があります。それから、大雪、大雨、異常《いじょう》高温。なんか、異常《いじょう》気象じゃないの？　とか、いわれます。そう。この号の特集は……」

歌音《かのん》は、また本をひっくり返した。

「『異常《いじょう》気象サバイバル』！　言葉ではよく聞くけど、異常《いじょう》気象ってどういうことなの？　異常《いじょう》気象って地球温暖化《おんだんか》と関係があるの？　そんな疑問《ぎもん》を持った人は、この本、じゃなくて、雑誌《ざっし》を読むとわかります。それだけじゃありません。竜巻《たつまき》から避難《ひなん》するにはどうしたらいいか、大雨で川があふれたらどうするか、雷《かみなり》の時、安全なのはどこ？　熱中症《ねっちゅうしょう》になったらどうしたらいい？　大雪の道は、どう歩いたらいい？　答えはこの雑誌《ざっし》でどうぞ。もちろん、特集以外にもいろんな記事がのってます。たとえば、なぜなぜどうして？　という質問《しつもん》コーナーや、発明や工夫、くだものの話なども。それから、今はもう季節がずれちゃってるけど、自由研究ネタなんかもあります。そんな中で、あたしのおすすめ記事は、ご当地偉人《いじん》さんいらっしゃ〜い‼、という連載《れんさい》。この号には、寺田寅彦《てらだとらひこ》という人のことが書いてあります。それだれ？　って思った人もいるでしょう」

歌音《かのん》はちらっとタイマーを見た。

「話したいけど、時間ぎれです。ごめんなさい」

ぺこっと歌音《かのん》が頭を下げると、あちこちから笑い声がおこった。ディスカッションタイムでは、

「寺田《てらだ》なんとかって人が、だれなのか、ちょっとぐらい教えてください」

という声があがった。

「えーとですね。明治《めいじ》時代に生まれた地球物理学者です。なんと、夏目漱石《なつめそうせき》の教え子だったそうです。そして、『天災《てんさい》は忘《わす》れたころにやってくる』という言葉、知っている人もいるかもしれません。それは寺田寅彦《てらだとらひこ》がいったといわれてます。百年近く前の関東大震災《かんとうだいしんさい》のあとは、地震《じしん》の研究もしました」

そこで歌音《かのん》の話は終わった。歌音《かのん》らしい発表だった。

三人目は、陽人《はると》だ。陽人《はると》は手さげ袋《ぶくろ》を無造作《むぞうさ》に足元に置いた。

「えーと、みんな知ってると思うけど、ぼくは、図書委員になりたくてなったんじゃないんです。けど、もうすぐ任期《にんき》が終わる三月になって、まあおもしろかったって思った。それは、ビブリオバトルがあったからです」

あれ、陽人《はると》、いったいなんの話をしているんだろう。本を紹介《しょうかい》する時間なのに。

それに本はどこ？

「今回、何を紹介《しょうかい》しようか、けっこう迷《まよ》ったんだよね。正直いって、あんまり本読んでないし。で、先週のことでした。ぼくは棚《たな》に本をもどしていて、ある本が棚《たな》から飛び出ているのに、気がついて……。ぼくがそれを引《ひ》き抜《ぬ》いて、入れ直そうとした時のこと。あ！　しまった。って、うっかり落としそうになって、……本がぱさっと開いて、でもぎりぎりセーフ。なんとか、開いたままの本を受け止めたんだけど。開かれたページ見て、ええ！　と思った。なんとそこには、テコンドーのことが書いてあったんです！　テコンドーって知ってるかな？　オリンピック種目にもなっている、韓国《かんこく》の武術《ぶじゅつ》のことだよ」

陽人《はると》は、両手の拳《こぶし》をにぎり、ファイティングポーズを取った。そしてすぐに、手さげ袋《ぶくろ》から本を出して、ページを開いてみんなに見せた。

「それが、このページ。実はぼくは、前からテコンドーに興味《きょうみ》を持っていたんだよね。いつかやってみたいなって思ってた。でも、この本は、テコンドーについて書いた本ではなかった」

陽人《はると》は、今度は本を閉《と》じて、表紙を見せた。

「書名は、『韓国《かんこく》の小学生』。おとなりの国、韓国《かんこく》の小学生について紹介《しょうかい》している本です。で、テコンドーの国ということで、本を借りてみることにしたわけ。何が書いてあるかというと、学校のこととか、毎日の暮《く》らしのこと、スポーツや習い事、伝統《でんとう》と芸術、民族と行事などなど。学校のことなんかでは、日本と似《に》てることもあるし、ちがうところもあって、それが、おもしろいんだよね。五年生の時間割《わり》とかも紹介《しょうかい》されてます。四時間目のあとが昼休みって、これは、うちの学校と同じじゃん。あと、韓国《かんこく》は、キリスト教徒が仏教徒《ぶっきょうと》と同じぐらいいるんだって。日本にはキリスト教徒は多くないので、そこはちがうよね。サッカーとスケートが人気があるって。それと、写真がたくさん入ってて、全ページカラーで見やすい！　本の後ろのほうに、アンケートがのってる。それだけじゃない。韓《かん》国《こく》の基《き》本情報《ほんじょうほう》、人口とか面積とか、ばっちりわかります。で、この本は、アジアの小学生というシリーズの一冊《さつ》なんだよね。シリーズは、全部で六冊《さつ》あるんだ。

あと、簡単《かんたん》なあいさつ言葉も書いてあります。最後に、ありがとうを、韓国語《かんこくご》で。カムサハムニダ！」

陽人《はると》は、五、六秒ほど時間を余《あま》らせて終わった。陽人《はると》の発表は、この前の『世界で一番美しい海のいきもの図鑑《ずかん》』の時よりは、ずっとよかった。ただ、くだけた語り口は、陽人《はると》らしくて悪くなかったけど、話があちこち飛んだし、本の魅力《みりょく》がイマイチ、伝わらなかったような……。そのせいか、なかなか質問《しつもん》も出なかった。すると、後ろのほうからさっと手が上がった。

「伝統《でんとう》や民族には日本と韓国《かんこく》とで、それぞれ特徴《とくちょう》があると思いますが、小学生の生活で、日本とちがうな、と思ったところがあれば、ちょっと教えてください」

質問《しつもん》をしたのは美彩《みさ》さんだった。

「えーと、たとえば……給食の食器。ぼくたちはトレイに、おかずのおわんとか、ご飯のおわんとか、お皿とか、のっけますよね。でも、ほら……」

と、陽人《はると》は写真を見せた。

「このように、トレイとおわんが、一つになってるっていうか。全部の学校がそうなのかはわからないけど」

みんなが写真をのぞきこんで見た。あたしも首をのばして見た。なるほど、一枚《まい》のトレイにへこみがいくつもあって、そこにご飯やおかずを入れられるようになってる。

陽人《はると》の次は、いよいよあたしの番だった。あわてて選んだ本だから、うまく話せる自信はまったくなかった。それでも、立ち上がってみんなの前に立つ。新井《あらい》先生が、

「スタートしていいですか」

と聞いたので、小さくうなずく。

「えーと……」

そういって、ちょっとだまってしまった。何を話すんだっけ。あせった。その時、瑠衣《るい》と目が合う。がんばれ！　って口が動いた。そうだ、最初に本の名前をいうんだった。

「……あたしが紹介《しょうかい》したいって思ったのは、物語です。タイトルは『岬《みさき》のマヨイガ』。マヨイガって聞いて、なんのこと？　って思いますよね。昆虫《こんちゅう》の蛾《が》？　ちがいますよ～。迷《まよ》う家という意味でマヨイガなのです。家が迷《まよ》うって、どういう

ことでしょう。えーと、この本は、あの、東日本大震災《ひがしにほんだいしんさい》に深く関係する物語なんです。地震《じしん》の時、たまたま避難所《ひなんじょ》で出会った女の子と、その子のお母さんぐらいの人と、おばあさん。この三人はまったくの他人同士なのですが、いっしょに暮《く》らすことになります。でも、なんといっても作者は柏葉幸子《かしわばさちこ》さん。ファンタジーの物語をたくさん書いている作家です。だから、この物語でも不思議なことがおこるんです……」

ここまで、一気にしゃべった。ちょっと早口になってしまったけど、なんとかいおうと思ったことがいえて、ほっとした。でも、これからだ。

「えーと、あたしが、この本を読んでいいな、と思ったのは、えーと……つらい思いをしている女の子が……」

そう。震災《しんさい》にあったんだもの。好きな人に思いが届《とど》かなかったなんてことより、ずっとつらいよね。でも、この子はすてきな人と出会えた。偶然《ぐうぜん》の出会いが、もしかしたら、そんなふうに人の運命を変えていくことがあるのかもしれない。なんて考えながら、読んだんだ……。

「女の子はつらい境遇《きょうぐう》でしたが、すてきな人たちと出会いました。特に、おばあさんがとってもすてきなんです。あ、もう一人の女の人もいろいろつらいことがあって、でもなかなかすてきで……そんな、三人が、なぜかいっしょに暮《く》らして、その家がなんだかすてきなんです」

あ、すてき、って同じ言葉ばかり使ってる。そう思ったら、言葉が出なくなった。タイマーを見る。まだ一分近く残ってた。

「えーと、あたしは……ちょっと落ちこむことがあって。実は、最近、あんまり本も読めなかったんです。ビブリオバトルも参加できないと思ってました。でも、瑠衣《るい》……堀之内《ほりのうち》さんが申しこんでくれて、だから今、しゃべってます」

って、あたし、何をいってるんだろ。あせる。

「つまり……落ちこんでたけど、やっぱりここに立つために、『岬《みさき》のマヨイガ』を読んで、なんだか、はげまされたっていうか、ちょっと元気になれたんです。やっぱり、本っていいなあ、ってそんなふうに思えたんです。つらいっていったけど、でも、楽しい本なんです。いろいろ不思議なこともあるし。おすすめです。そうだ、柏葉幸子《かしわばさちこ》さんは、岩手県《いわてけん》に生まれて、今も岩手県《いわてけん》に住んでいるそうです」

といった時、チーンとベルが鳴った。あたしは、ふーっと大きく息をはいた。ぜんぜんちゃんと話せなかった。でも、なんでだろう、参加できてよかったって思った。

「では、質問《しつもん》タイムです」

と先生がいうと、すぐに瑠衣《るい》が手を上げた。

「不思議っていっても、いろんなことがあるけれど、どんな不思議に出会えるんですか?」

「さっき、作者が岩手《いわて》県に住んでいるといいましたが、物語の中に東北の民話が織《お》りこんであるそうです。それで、不思議な妖怪《ようかい》とかが出てきたり、しかも、その不思議なものたちと、おばあちゃんはなんだか仲良しみたいでって、これ以上はネタばれなので、やめます」

瑠衣《るい》の質問《しつもん》がうれしかった。妖怪《ようかい》のことは、話すつもりだったのに頭から飛んでいたのだ。また瑠衣《るい》と目が合う。にっこり笑った。その時、ふと思った。もしかして、瑠衣《るい》、この本、読んでたんじゃないかな?

心の中で、あたしはそっといった。ありがとう、瑠衣《るい》……。

最後は、純夏《すみか》の番だ。おたがい、チャンプ本を競うわけだけれど、このあいだ、相談されたことを思い出すと、純夏《すみか》を応援《おうえん》したい気持ちでいっぱいだ。席に着くあたしとすれちがった時に、がんばれって思いながら、笑顔《えがお》を向ける。純夏《すみか》も口元をゆるめたけれど、すごく表情《ひょうじょう》がかたい。一番手も緊張《きんちょう》するけれど、最後というのも緊張《きんちょう》しそう。これまでずっと、どきどきしながら自分の番を待っていたのだろう。大丈夫《だいじょうぶ》かな……。

開始の合図とともに、純夏《すみか》が話し出した。

「わたしが紹介《しょうかい》しようと思う本は、どろぼうの話です。どろぼうといっても、ただのどろぼうではありません。そのどろぼうはつかまったことがないのです。そして、このどろぼうが盗《ぬす》んできたものも、風変わりなものなのでした。そんな不思議などろぼうの名前は、どろぼん。本のタイトルは、『どろぼうのどろぼん』です。どろぼんは、ものの声が聞こえます。そして、どろぼんが盗《ぬす》み出《だ》すものというのは、持ち主が忘《わす》れてしまったものなのです。書いた人は、斉藤倫《さいとうりん》という人で、もともと詩人なのです。そして、これは作者が初めて書いた童話なんです……」

純夏《すみか》は、ほとんど表情《ひょうじょう》を変えず、視線《しせん》も落としがちだった。そして、言葉も、なんというのか、一本調子で、まったく感情《かんじょう》がこもっていなかった。書いた原稿《げんこう》を一生懸命《いっしょうけんめい》暗記して、それをまちがえないように口にしている……そんな感じだったのだ。

話している人の口調がかたいと、なぜか聞く人の様子もかたくなってくる。リラックスしてがんばれ……って、思ったけれど、結局、純夏《すみか》は同じような調子で話を続けた。指先が細かくふるえている。そうとう緊張《きんちょう》しているみたいだ。

そして、純夏《すみか》は、二十秒ぐらい前に、話し終えたというふうに口を閉《と》じてしまった。

質問《しつもん》タイムに入ったけれど、まるで純夏《すみか》の緊《きん》張《ちょう》が伝染《でんせん》したみたいに、みんなだまったままで

いた。あたしは、何かいわなくちゃと思って、あれこれ質問《しつもん》できそうなことを考えたけれど、思いうかばなかった。その時、

「はい！」

と手が上がった。美彩《みさ》さんだった。

「並木《なみき》さん、どうぞ」

「どろぼんは、なんでそんなにつかまらなかったのでしょうか。それに、語り手が刑事《けいじ》さんということでしたね。ということは、つかまったんですか。なんでつかまってしまったのでしょうか」

「それです！　どろぼんって特徴《とくちょう》がないんです。だからつかまらなかったです。たとえば、すごく背《せ》が高かったりとか、ひげがあるとか、そういうんじゃないから。なんでつかまったかは、どろぼんは自首するんです。そして、刑事《けいじ》さん相手に、自分が盗《ぬす》んできたものの話をするんだけれど、それがおもしろいです！」

純夏《すみか》がうれしそうにいった。急に言葉が生き生きしてきた。その本が好き、という気持ちが伝わってくる。

「語り口がほんわかして、読むと気持ちがほっこりしてやさしい感じがいいんで

す。それに、作者が詩人だといいましたよね。だから、呪文《じゅもん》とかの言葉がとってもおもしろいんです。たとえば、こんなのです」

純夏《すみか》は、一呼吸《こきゅう》置くと、歌うようにいった。

「どろぼん　どろぼん
どろろろろ
はなび　はならび　はなびら　ひばな
ひばな　はなびら　はならび　はなび……」

いつの間にか純夏《すみか》は表情《ひょうじょう》まで明るくなって、みんなも少し身を乗り出す感じになった。そして、二分の質問《しつもん》タイムは、三十秒ぐらいオーバーして終わった。

すべての発表が終わって、投票タイムになった。

どの本を選ぼうか、すごく迷《まよ》った。最初は、『盗塁王《とうるいおう》』がおもしろそうだと思った。でも、『どろぼうのどろぼん』も楽しそう。苦手なのにがんばって参戦した純夏《すみか》に拍手《はくしゅ》を送りたい気持ちもある。だけど、それを理由に選ぶのはちがう。

結局、あたしは『盗塁王《とうるいおう》』に投票した。

「じゃあ、発表します」

新井《あらい》先生がいうと、みんなの視線《しせん》が集まる。

「今回のチャンプ本は、『盗塁王《とうるいおう》』です」

納得《なっとく》の結果だった。佑《たすく》の発表もよかったし、何より、読んでみたい、と思わされた。それはあたしだけじゃなかったのだ。けれど、みんなが『盗塁王《とうるいおう》』に投票したわけではない。全体では四票だったそうだ。ほかの本に何票入ったかは、わからない。『岬《みさき》のマヨイガ』にはだれか、入れてくれたのかな……。

「林《はやし》さん、どうだった？」

先生に聞かれた純夏《すみか》は、少しもじもじしながらも、きっぱりといった。

「すごく緊張《きんちょう》したけれど、参加してよかったです！」

「またやりたい？」

「はい。岩岡《いわおか》くんみたいに、語りかけるような話し方でやれたらいいな、って思いました」

その時、いつもはポーカーフェイスの佑《たすく》の顔が、ほんのり赤くなった。純夏《すみか》は、また口を開いた。

「それから、並木《なみき》さんが質問《しつもん》してくれて、それで、いい足りなかったことも、いえました」

そうだ。あれから、純夏《すみか》の語り口がなめらかになったのだ。それだけじゃない。美彩《みさ》さんは、質問《しつもん》が出ない時にかぎって手を上げて、いろんなことを聞いていた。あたしはそっと美彩《みさ》さんのほうを見た。おだやかな表情《ひょうじょう》でにこにこ笑っている。でも、ほんの少しさびしそうにも見えた。幸哉《ゆきや》くんがいないから、かな。そう思って、はっとした。あたし、ビブリオバトルの時、一度も幸哉《ゆきや》くんのことを考えなかった。みんなの話を、夢中《むちゅう》になって聞いていた……。

「先生、おれ、これ借りる！」

陽人《はると》が、そういって『盗塁王《とうるいおう》』を手に取った。

「ああ、先こされた！」

とあたしは思わず叫《さけ》んだ。

「へへ、早いもんがち」

「陽人《はると》ってば、早く読んで返してよね。図書委員なんだから、返却期限《へんきゃくきげん》、守らないとだめだよ。でも、まあいっか。物語を読んでこなかった陽人《はると》が、読む気になったんだから、ゆずってあげるよ」

すると……。

「やっと調子もどってきたみたいだな」

いつの間にとなりに来てたのか、佑《たすく》があたしの耳元でいった。

「えっ？」

佑《たすく》は、にやっと笑った。

「『盗塁王《とうるいおう》』、持ってるから、貸《か》そうか？」

「ありがと。『盗塁王《とうるいおう》』だけじゃなくて、ほかの本も読んでみたいな」

「そうでしょ。『子供の科学』もよろしく！」

と歌音《かのん》が話に割《わ》りこんできた。うーん、さすがにちょっとハードル高いかも。でも、前に歌音《かのん》が紹介《しょうかい》した『地震《じしん》のはなしを聞きに行く』と『道は生きている』は読んでみようかな。

まだみんな、バトルの本を手に取っては、あれこれいいあっている。みんな、やっぱり本が好きなのだ。その時、

「今日は、和田《わだ》くんに感心しました」

とんとしてる。

と、新井《あらい》先生がいった。なんのことだろうと陽人《はると》を見ると、いわれた本人もきょとんとしてる。

「給食のトレイの話をした時、全部の学校がそうなのかはわからないけど、っていったでしょう。本には写真が何枚《まい》かのっているだけよね。それで、みんな同じだと思いこむのは、まちがいかもしれない。もちろん、同じかもしれないけれど、あそこで、全部そうかはわからないといったのは、とてもよかったと思うの。自分が見聞きしたことだけがすべてだと思ったり、だれかの意見だけを正しいと思いこんだり、注意していても時々まちがってしまうことがあるのよ」

ほめられた陽人《はると》は、てれたように頭をかいた。

その日の帰り道、瑠衣《るい》が、

「チャンプ本になれなくて、残念だったね」

と、なぐさめるようにいってくれた。

「うん。でも、今回は、準備《じゅんび》不足だったから」

「あたし、『岬《みさき》のマヨイガ』にいれたよ」

うれしかった。でも……。

「ねえ、でも、瑠衣《るい》、もしかしたら、あの本、読んでたんじゃない？」

友だちだからという理由で選んだとしたら……。

「読んでたよ。でも、話を聞いているうちに、いろいろ思い出して、もう一度読みたくなったから」

「それで、よかったの？」

「新井《あらい》先生に、もしも読んでいる本ばかりだったら、どうするんですか、って聞いたら、もう一度読みたくなった本を選べばいいって。『岬《みさき》のマヨイガ』だけじゃないよ。あたし、『盗塁王《とうるいおう》』も読んでたの。この前、アカシア書店のブックトーク聞きに行った時、ポップ見て、おもしろそうだなって思ったから」

五冊《さつ》中、二冊《さつ》も読んでいたなんて、さすが瑠衣《るい》だ。

「ありがと。でも、瑠衣《るい》はどうして、観戦する気になったの？　もしかして、あたしのため？」

「もちろん、柚希《ゆずき》にがんばってほしかったけど、それだけじゃなくて、やってみないとわからないこともあるよ、っていわれたの」

「だれに？」

「並木《なみき》さん」

美彩《みさ》さんが、そんなことを？

「……そうだったんだ」

「チャンプ本を選ぶのも、ゲームだと考えてみたら？　っていわれた。図書委員会でも、本のクイズ大会をやったりするし」

「そういえば、やったね。本のクイズ大会」

「でも、柚希《ゆずき》が夢中《むちゅう》になって楽しそうだったからっていうのが大きいよ。チャンプ本を勝ち取りたいって、柚希《ゆずき》いってたけど、いってるわりに結果にこだわってなかったたし、いろんな本に興味《きょうみ》持つようになったでしょ」

あたしは、思わず立ち止まって、瑠衣《るい》を見つめた。そんなふうに、あたしのことを見ていてくれたなんて……。瑠衣《るい》はまたすぐに口を開いた。

「あたしね、前に絵の塾《じゅく》に行ってたことがあって、そこの先生がすぐに順番をつけたがったの。そりゃあうまい下手があるけど、テストとかとちがうのに、順位をつけられて、なんだか自分が好きな絵を否定《ひてい》されたみたいな気になって。結局、絵を描くのが楽しくなくなってやめちゃったんだよね」

「そんなことがあったんだ」

「あたし、今日、観戦してよかったと思ってるよ。林《はやし》さんが紹介《しょうかい》した『どろぼうのどろぼん』も、知らなかったけど、読んでみたいって思った。新井《あらい》先生にほめられててれてた陽人《はると》も、なんかかわいかったし。それに、みんな、楽しそうだったもん。あたしも楽しかった」

「ありがとう、瑠衣《るい》。瑠衣《るい》がいてくれて、うれしかった。それから、申しこんでくれたことも。今日はあんまりうまく話せなかったけど、参戦してよかった。けど、ほんとは、出る気持ち、なくしてたんだ。しめきり日に休んだのは、かぜ引いたからだけど……」

「落ちこんでたって、いったもんね」

「うん。あのね……」

瑠衣《るい》にならいってもいいかな。ううん、聞いてほしい。

「あのね、瑠衣《るい》、だれにも話してないんだけど、あたし、失恋《しつれん》しちゃった」

「……そうだったんだ」

「バレンタインデーにチョコ、あげたんだけど、その人……六年生なんだけど、つきあってる人がいたの。それなのに、お返しくれるかなとか、そんなことばっかり考えて、ずっと本も読めなくなってた。それで、結局、失恋《しつれん》して。だから、ビブリオバトルも、どうでもいいや、って思って。無気力っていうか、やけになってた。けど、今日、いろんな本の話聞いて、どれも読みたくなった。それに……」

「それに？」

「ううん、なんでもない」

と、笑ったけど、あたしがいいかけてやめたのは、バトルのあいだ、幸哉《ゆきや》くんのことが、ぜんぜん頭にうかばなかったこと。うじうじなやんだり、自分に自信をなくしたりしてたことも、忘《わす》れられた。それだけ、ビブリオバトルに集中していたのだ。それほど楽しかった。

今あたしは、猛烈《もうれつ》に本を読みたくなってる。ただ読むだけじゃなくて、瑠衣《るい》とも、ほかの人とも本の話をしたい。自分がおもしろいと思った本を、みんなに伝えたい。

図書委員になって半年近く。そのあいだに読んだいろんな本を思い出す。読んだ本を記録するのも楽しかった。あたし、ちゃんと本を読んできた。幸哉《ゆきや》くんをおいかけるためだけじゃない。自分で本のおもしろさを味わってきたんだ……。

「やってみようかな、あたしも」

瑠衣《るい》がおずおずといった。

「ほんと?」

びっくりして聞くと、とびっきりの笑《え》顔《がお》が返ってきた。

「またいっしょに、図書委員、やりたいね」

「うん。四月から、最上級生だから、あたしたちが、がんばらなくちゃ」

「そうだね。その時は、今の六年生は、もういないんだね」

今の六年生……。また、ちらっと幸哉《ゆきや》くんの顔がうかんだ。

「あたし、ほんとは、卒業式も、出たくないって思ってたんだ」

「そっか。でも、五年生は全員出席だもんね。ちょっとつらいね」

「うん。でも、今は、ちゃんとその人、見送ろうって思う」

「それでこそ、柚希《ゆずき》だよ。それに、あたし、まだ、そんなふうに男の子のこと、好きになったことないから、ちょっとうらやましいな」

「失恋《しつれん》でも？」

「だって、人を好きになるって、すてきなことだと思うよ」

あたしは、足を止めて瑠衣《るい》を見つめた。ちょっとうるっときた。でもそれは、うれしかったから。そして、心の中で繰《く》り返《かえ》す。

――好きはすてき……。

幸哉《ゆきや》くんのことを考えると、まだ胸《むね》が苦しくなる。でも、きっといえる。卒業おめでとう、って。

10

新しい旅立ち

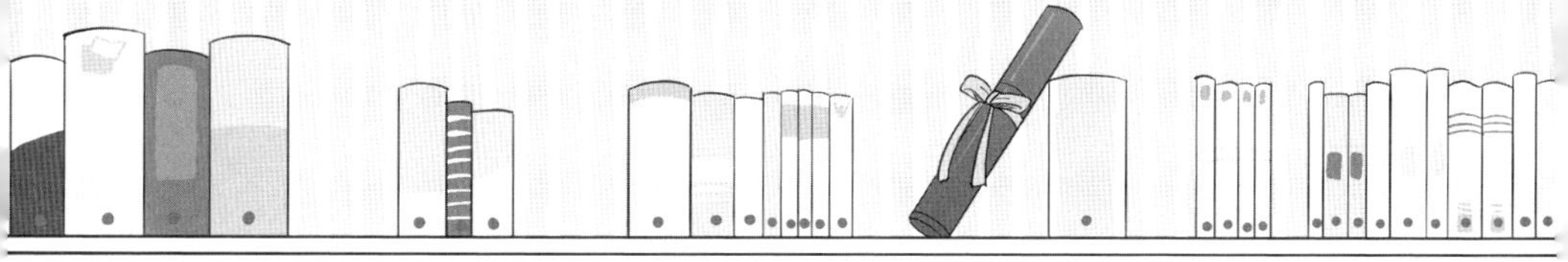

今年の桜《さくら》は、ふだんより少し早く咲《さ》いたって、テレビのニュースでいっていた。

新学期の始業式の日には、満開を過《す》ぎて、はらはらと校庭に花びらを降《ふ》らせていた。

あたしは六年生になった。クラス替《が》えもないし、担任《たんにん》の先生も持ち上がりだ。

三日目に委員決めをして、あたしは図書委員になった。瑠衣《るい》ももちろんいっしょだ。

瑠衣《るい》は、春休み中に二度うちに遊びに来た。一度目の時は、おばあちゃんもいて、三人で本の話でもり上がった。二度目の時、いっしょに図書委員に立候補《りっこうほ》しようと決めた。委員の任期《にんき》は半年で、五年の時は後期にやったけれど、六年で前期の委員になれば、そのままこの半年間のことを引きついで活動ができる。ということで、始業式の日に、一組の歌音《かのん》や純夏《すみか》もさそって、図書委員に立候補《りっこうほ》することにした。歌音《かのん》が佑《たすく》にも声をかけたら、最初からそのつもりだといわれたという。

もしも、図書委員の希望者が多かったらしかたないと思ったけれど、超《ちょう》人気の委員ではなかったから、五人とも希望どおり図書委員になれた。

少し驚《おどろ》いたのは、陽人《はると》も立候補《りっこうほ》して図書委員になったこと。ビブリオバトルに参戦するまでは、いやいや委員をやっていたのに。でも、すごくおどろいたわけではない。だって、あれから陽人《はると》が『盗塁王《とうるいおう》』や卓球《たっきゅう》ものの『チームふたり』を読んでいたのを知っているから。

新学期最初の図書委員会の日がきた。

新六年の委員は知っている子がほとんどだけど、新五年生が加わって、ずいぶん顔ぶれが変わった。もう、幸哉《ゆきや》くんや美彩《みさ》さんはいない。

あたしは、卒業式のことを思い出した。

幸哉《ゆきや》くんは、紺《こん》のブレザーにネクタイ姿《すがた》で出席。いつもとちがうファッションで、とても大人っぽく見えた。校長先生から卒業証書《しょうしょ》をもらう時、ちょっと胸《むね》がきゅんとなった。

でも、ちゃんと卒業おめでとう、っていえた。

「北原《きたはら》さん、図書委員、がんばったね。これからも、図書館のこと、よろしく」

なんていわれて、あたしはちょっと涙目《なみだめ》で笑う。でもたぶん、あたしの笑顔《えがお》はまだ本物じゃなかったと思う。

「上山《うえやま》くん、図書館の主《ぬし》みたい」

「ほんとに、図書館が大好きだったからな。今度は中学の図書館で、またたくさん本を借りるよ」

幸哉《ゆきや》くんは、そんな言葉を残して、小学校を去っていった。

一年後、あたしは中学で、幸哉《ゆきや》くんと再会する。その時にはきっと、心からの笑顔《えがお》で向きあえると信じてる。

新しい委員会をリードするのは、あたしたちだ。

新五年の新しい委員の中には、三月のビブリオバトルを聞いてくれた子が何人もいた。

最初に山口《やまぐち》先生が口を開く。

「まず、図書委員長を決めたいと思います。だれがいいかしらね。推薦《すいせん》でもいいし、立候補《りっこうほ》でもいいから、手を上げてくれるかな」

あたしは、だれがいいかなと、六年生の委員を見回す。陽人《はると》は委員長ってタイプじゃないし、佑《たすく》？　最初はちょっと身勝手な感じがしたし、いやみだなって思ったけれど、何度かはげまされた。図書委員の仕事は陽人《はると》よりは熱心だし、案外向いてるかも。

棚《たな》を整理したり、破《やぶ》れたラベルをはったり、図書委員としての地味な仕事をいちばん熱心にやっているのは純夏《すみか》で、そこはえらいところだけど、委員長タイプじゃない。

歌音《かのん》か瑠衣《るい》？　それもいいかな、なんて考えていると、佑《たすく》が手を上げた。

「おれ、副委員長に立候補《りっこうほ》します。それで、委員長に、北原《きたはら》さんを推薦《すいせん》します」

ええ？　何それ。

「自分で委員長やればいいじゃない」

と、あたしは手も上げないでいってしまった。

「いや、委員長は、北原《きたはら》みたいに、つっこむタイプが向くと思います。おれは、おさえにまわります」

なぜか、瑠衣《るい》や歌音《かのん》がくすくす笑っている。つっこむタイプってやっぱりほめてないよな、と思ったけれど、悪い気はしなかった。

「賛成《さんせい》」

と、歌音《かのん》がいって、ほぼ全員から拍手《はくしゅ》された。

書記には、歌音《かのん》の推薦《すいせん》で、字のきれいな純夏《すみか》が選ばれた。

こうして、わけがわからないまま、あたしは図書委員長になってしまった。

貸《か》し出《だ》し当番を決めたりしたあとで、

どうしたら図書館にもっと来てもらえるかを話し合った。

その時、司会しながら、あたしは自分で手を上げた。

「いつも、本屋さんで本を買う時、帯を見て買いたくなります。だから、ここの本にも帯をつけたらいいと思います」

我《われ》ながらいい考えだと思った。でも……。

「あのな、帯なんて、すぐに取れちゃうし、破《やぶ》れやすいだろ」

あきれたように佑《たすく》がいった。

「ほら、図書館の本には、透明《とうめい》のシート、はるでしょ。あれ、帯の上からはったら？」

「そんなこといったって、今ある本は、もう帯なんてないんだから」

佑《たすく》にそうツッコまれて、瑠衣《るい》たちがまたくすくす笑った。すると、山口《やまぐち》先生が、

「北原《きたはら》さんの気持ちはわかりますよ。帯というのも本の一部だから、色も言葉も工夫されていて、取ってしまうのが惜しい、と思うこともあります。でもね、背《せ》表紙《ひょうし》の大事な情報《じょうほう》、著者名《ちょしゃめい》とかが、かくれてしまう帯もあるから、上からカバーフィルムをかけるわけにもいかないのよ」

といった。残念、いいアイディアだと思ったのに。

「それより、ポップ作りたいって、いってたんじゃないのか？」

佑《たすく》にいわれて思い出した。そうだ、ポップだ！

「その案、賛成《さんせい》！」

こうして、図書委員が推薦《すいせん》する本のポップを作ることが決まった。本の一言感想を集めてかべにはろうという提案《ていあん》も出た。五年生の委員も、けっこう活発に意見を出している。

ビブリオバトルを委員会の行事として、正式に行うことも決まった。第一回目は、これまでにビブリオバトルを体験した六年生の図書委員が、デモンストレーションとして行い、二回目からは、全校から参戦希望者をつのって、各学期に一回ずつ行う。

四月の第一回目のバトラーとして名乗りを上げたのは、あたし、佑《たすく》、陽人《はると》、純夏《すみか》。そして瑠衣《るい》が初めて参戦する！

今回、歌音《かのん》は司会をやりたいといった。

高学年以上ならだれでも観戦できることにして、お知らせのポスターを作ることにした。お昼の放送で、アナウンスしてもらうことも決めた。それから、観戦者には、図書委員みんなで作ったしおりを配ることにした。しおりには、本の中の好きな言葉を書き入れた。純夏《すみか》の提案《ていあん》だ。仲よくしているクラスの友だちもさそった。

そんなふうにピーアールしたところ、なんと図書委員以外に、二十八人が申しこんでくれた！

図書委員をいれると、全部で四十人以上になるし、山口《やまぐち》先生はもちろん、何人かの先生たちが、見にきてくれる。そう、あたしたちは、先生たちにも呼《よ》びかけたのだ。

いよいよ、六年になって最初のビブリオバトルの日が来た。開始の十分ぐらい前から、図書館にどんどん人が集まってくる。参戦しない図書委員たちが、投票用紙と鉛筆《えんぴつ》を配った。バトラー五人のうち、あたしは、最後だ。

席がほぼうまってから、司会の歌音《かのん》が声を張《は》り上《あ》げた。

「では、時間になりましたので、これから、本年度第一回目のビブリオバトルを始めます」

エピローグ

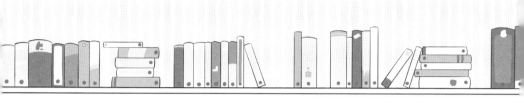

四人の発表が終わった。いよいよあたしの番だ。

今日の一番手は、陽人《はると》だった。紹介《しょうかい》したのは、『おっちゃん、なんで外で寝《ね》なあかんの？　――こども夜回りと「ホームレス」の人たち――』という長いタイトルの本。物語ではなくノンフィクションだ。陽人《はると》のお母さんがホームレスの人から買った『ビッグイシュー』という雑誌《ざっし》を持っていたので、「ホームレスって、なまけ者なんじゃないの？」といっておこられたそうだ。新井《あらい》先生にその話をしたら、すすめられた本なのだという。陽人《はると》は、会社

がつぶれてしまったり、病気で仕事ができなくなったり、住みこみで働いていたところを首になったりと、だれもがホームレスになってしまう可能性《かのうせい》があることを、まじめに語った。それにしても、陽人《はると》が、図鑑《ずかん》や事典じゃなくて、読み物の本を紹介《しょうかい》するなんてびっくりだ。

二番手は、ビブリオバトル初参戦の瑠衣《るい》。

前に立った瑠衣《るい》の緊張感《きんちょうかん》が伝わってきて、なんだかあたしまでどきどきした。でも、どんな本を紹介《しょうかい》するのかとわくわくしながら待つ。すると、取り出したのは、『漂泊《ひょうはく》の王の伝説』！　瑠衣《るい》が外国のファンタジーを紹《しょう》介《かい》するなんて。しかも、友だちのおばあさんにすすめられた？　それって、あたしのおばあちゃんだ。瑠衣《るい》の話を聞いているうちに、すぐにでも読みたくなった。

三人目は、純夏《すみか》。

この前、棒読《ぼうよ》みで発表してしまった純夏《すみか》は、語りかけるように話したいといっていた。そんな純夏《すみか》が選んだ本は、『人類が生まれるための12の偶然《ぐうぜん》』という理

科の本。タイトルを口にしたとたん、司会の歌音《かのん》が、ちょっと身を乗り出すようにして本を見た。純夏《すみか》の発表は前回よりも、とても上手だったし、あたしたちがここにこうしているのも、たくさんの偶然《ぐうぜん》が幸いしたからなのかも、なんて考えさせられて、不思議な気持ちになった。

四人目は、佑《たすく》。

紹介《しょうかい》した本は、イギリスの有名な児童文学作家、ローズマリ・サトクリフが書いた『ともしびをかかげて』という歴史物語。けっこう複雑《ふくざつ》な話でむずかしそうだ。でも、佑《たすく》がすごく真剣《しんけん》に話してるのはわかった。前はそれぞれが好きな本を読めばいいなんていっていた佑《たすく》だけど、自分が紹介《しょうかい》する本をみんなに知ってほしい、という気持ちが伝わってきた。

四人が紹介《しょうかい》したどの本も、読んでみたい、と思った。

春休みも新学期になってからも、あたしはたくさん本を読んだ。けれど、ビブリオバトルでどの本を紹介《しょうかい》するか、これ、というものが決められなかった。あれこれなやんでいた時、梨那《りな》ネエの本棚《ほんだな》で、変なぼうしをかぶった小さな男の子がハンカチをふってる表紙の本を見つけた。

あたしは、表紙の絵のかわいさにひかれて、その本を借りて読み始めた。表紙の男の子は、高速増殖炉《ぞうしょくろ》もんじゅのゆるキャラ「もんじゅ君」で、名前は文殊菩薩《もんじゅぼさつ》という仏《ほとけ》さまに由来するそうだ。なるほど、そういわれて見ると、絵もちょっと仏さまっぽい。ゆるキャラといっても「非公式」だから、くまモンとか、ひこにゃんとかとは、ぜんぜんちがう。そして、その本は、原発とか、高速増殖炉《ぞうしょくろ》について考えるまじめな本だった。

高速増殖炉《ぞうしょくろ》というのは原発の仲間で、維持《いじ》するのにとてもたくさんのお金がかかるんだけれど、これまでトラブルが多くてほとんど稼働《かどう》していないそうだ。そして、もしも

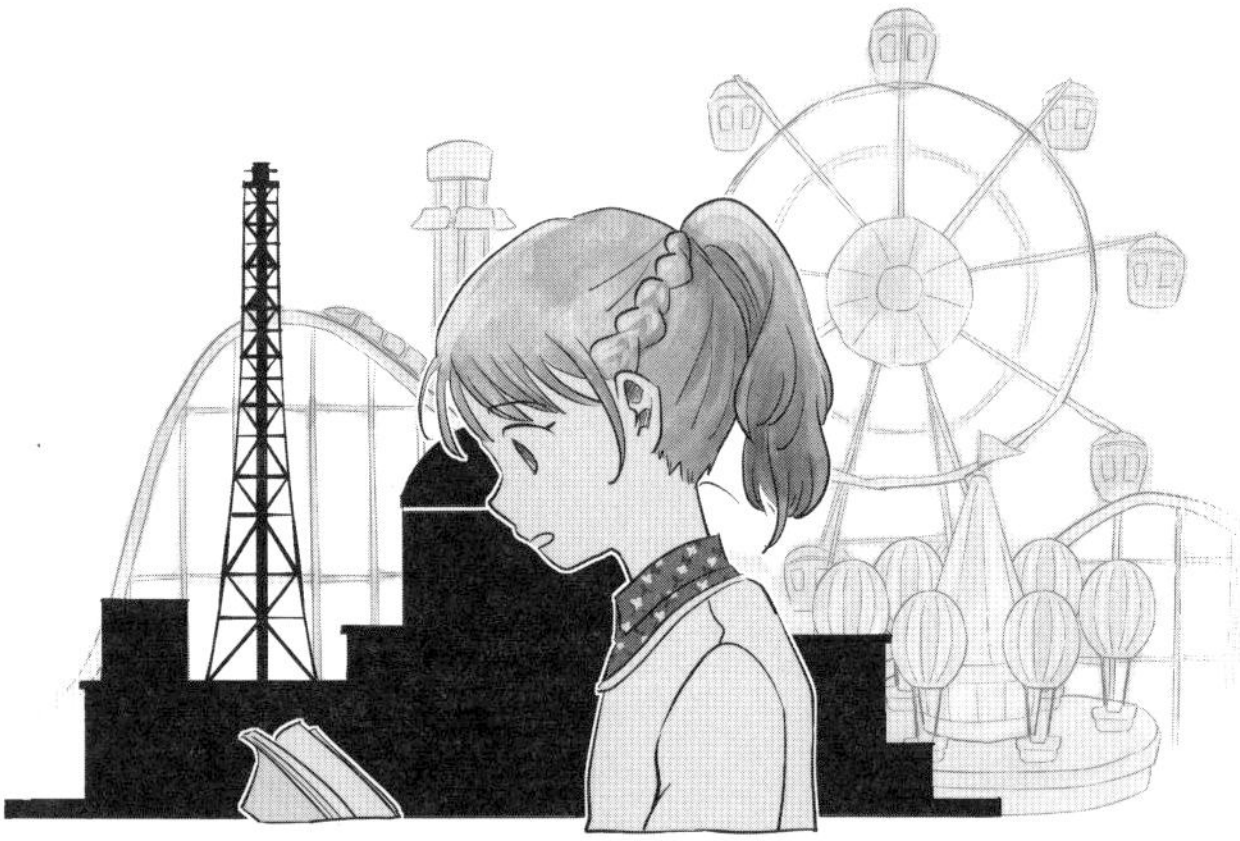

大きな事故《じこ》がおこれば、ふつうの原発よりももっと危険《きけん》らしい。だから、もんじゅ君は、自分が廃炉《はいろ》になることが夢《ゆめ》。なんだかちょっと切ないけれど、自分がなくなって、そこが遊園地に変わったらどれだけ、すてきだろうって考えている。

こういう本は、今までほとんど読んでこなかったのに、一気に読んでしまった。

そして、この本を紹介《しょうかい》することに決めた。

正直いって、原発のこととか、むずかしくてよくわからない。だからこそ、みんなに読んでほしい。この本について、みんなで話しあったりできたらいいな……。

「では、いよいよ最後のバトラーの登場です」

歌音《かのん》の言葉を合図に、あたしは、立ち上がって観戦者たちの前に立った。一度、ゆっくりと図書館内を見回す。去年の秋に図書委員になって、毎日のように訪《おとず》れた場所だ。

おすすめ本のコーナーは、入り口のすぐそば。絵本の棚《たな》、辞典の棚《たな》、理科の本の棚《たな》、芸術《げいじゅつ》の本の棚《たな》……そして、物語の棚《たな》。そこには、先週あたしが作ったポップが見えた。

こんなふうに、本に囲まれた場所があるって、なんてすてきなことだろう。

観戦者の席に目を移《うつ》す。さそった子が来てくれてる。声をかけなかった子も！

話し終わった瑠衣《るい》たちが笑顔《えがお》で座《すわ》っている。それを見ているうちに、緊張《きんちょう》してるはずなのに、うれしさがこみ上げてきた。

あたしは、ここが大好き！

「では、北原《きたはら》さん、どうぞ！」

歌音《かのん》の声とともに、タイマーが動き出した。ふっと息をはいてから口を開く。

「あたしは、去年まで、あまり本が好きではありませんでしたが、五年の後期に図書委員になってから、少しずつ本を読むのが好きになっていきました。ただ、好きな本は、物語中心でした。でも、今日は物語ではない本を選びました。もしかしたら、ビブリオバトルを知らなければ、出会わなかった本かもしれません。だから、ビブリオバトルがきっかけで、図書館っておもしろそうって思ってくれる人が増《ふ》えたらいいなと思ってます。ということで、本題に入ります」

あたしは、腕《うで》でかくすようにして胸《むね》に抱《かか》えていた本を手に取って、腕《うで》をのばして表紙を見せた。

「今日、あたしが紹介《しょうかい》する本は……」

あとがき

みなさんは、ビブリオバトルをやったことがありますか？　やったことがあるという人は、楽しかったですか？　やったことがないという人は、やってみたいですか？

「ビブリオバトルのおはなしを書きませんか」

あかね書房《しょぼう》の加藤佳子さんから、ご提案《ていあん》があったのは、二〇一六年の一月。実は、その時は、「ええ？　ビブリオバトル？・」と思ってしまったのです。私は、この物語に登場する瑠衣《るい》と同じで「バトル」という言葉があまり好きになれませんでしたし、いちばんを選ぶのなんていやだな、と感じていたのです。

でも、ビブリオバトルについて書かれた本を読んでいるうちに、けっこう面白いかもしれない、と思い始めました。同時に、元気で思いこみの強い女の子、柚希《ゆずき》がビブリオバトルにチャレンジする姿《すがた》が頭にうかんできたのです。するとすぐに、柚希《ゆずき》が恋《こい》をする先輩《せんぱい》の幸哉《ゆきや》や、図書委員会の仲間たちも現れて、どんどん物語のイメージが広がっていきました。

とにかく自分でもやってみようと思い、ビブリオバトル普及委員《ふきゅういいん》の粕谷亮美《かすやりょうみ》さんにいろいろ教えてもらいながら、作家の友だちや、あかね書房《しょぼう》の人たちとビブリオバトルをやってみました。その結果は、想像《そうぞう》以上に楽しかったのです。

それから、ビブリオバトルのいろんな大会を見にいきました。どのバトラーからも、この本をみんなに読んでほしい！　という熱意が伝わってきました。

取材のために、学校図書館にもおじゃましました。お話を聞かせてくださった所沢《ところざわ》市立松井《まつい》小学校の学校司書の近藤君子《こんどうきみこ》さん、狛江《こまえ》市立緑野《みどりの》小学校の学校司書の丸山英子《まるやまひでこ》さん、日本子どもの本研究会の小寺美和《こでらみわ》さん、ありがとうございました。特に、ブックトークについては、丸山《まるやま》さんに見せていただいた授業《じゅぎょう》が、作品の場面のヒントになりました。

この本を読んで、ビブリオバトルをやってみようと思う人が増《ふ》えますように。やる時には、うまくしゃべろうなんて考えずに、気軽に楽しんでくださいね。そして、なによりも、みなさんの読書への興味が、より豊かに広がっていくことを心から願っています。

二〇一七年　七月

濱野京子

ブックリスト

この物語に登場する本（登場する順）

・文庫の本で、★印のあるものは、大きなハードカバーの本もあります
・名作ロングセラーの本は、代表的なものを2つ掲載《けいさい》しています

【ビブリオバトルで紹介《しょうかい》された本】（雑誌《ざっし》は207ページにまとめています）

●クロティの秘密《ひみつ》の日記▼パトリシア・C・マキサック作、宮木陽子訳（くもん出版　二〇一〇）

●地震《じしん》のはなしを聞きに行く　父はなぜ死んだのか▼須藤文音 文、下河原幸恵 絵（偕成社　二〇一三）

●リンゴの丘《おか》のベッツィー▼ドロシー・キャンフィールド・フィッシャー 作、多賀京子 訳、佐竹美保 絵（徳間書店　二〇〇八）

●運動が得意になる！　体育のコツ絵事典　かけっこから鉄ぼう・球技《きゅうぎ》まで▼湯浅景元 監修（ＰＨＰ研究所　二〇一三）

●道は生きている▼富山和子 作、大庭賢哉 絵（講談社　青い鳥文庫〈新装版〉二〇一二）

●白い扉《とびら》の家▼架空《かくう》の物語（本当にはない本）

●10歳《さい》の質問箱《しつもんばこ》　なやみちゃんと55人の大人たち▼日本ペンクラブ「子どもの本」委員会 編、鈴木のりたけ 絵（小学館　二〇一五）

●荻野吟子《おぎのぎんこ》　日本で初めての女性医師《じょせいいし》▼加藤純子 文、高田美穂子 画（あかね書房　二〇一六）

●世界で一番美しい海のいきもの図鑑《ずかん》▼吉野雄輔 著、武田正倫 監修（創元社　二〇一五）

●盗塁王《とうるいおう》▼架空《かくう》の物語（本当にはない本）

●アジアの小学生２（韓国《かんこく》の小学生）▼河添恵子 取材・編集・執筆（学研教育出版　二〇一一）

●岬《みさき》のマヨイガ▼柏葉幸子 著、さいとうゆきこ 絵（講談社　二〇一五）

●どろぼうのどろぼん▼斉藤倫 著、牡丹靖佳 画（福音館書店　二〇一四）

●おっちゃん、なんで外で寝《ね》なあかんの？　こども夜回りと「ホームレス」の人たち▼生田武志 著、下平けーすけ 絵（あかね書房　二〇一二）

●漂泊《ひょうはく》の王の伝説▼ラウラ・ガジェゴ・ガルシア 作、松下直弘 訳（偕成社　二〇〇八）

●人類が生まれるための12の偶然《ぐうぜん》▼眞淳平 著、松井孝典 監修（岩波書店　岩波ジュニア新書　二〇〇九）

★ともしびをかかげて 上・下▼ローズマリ・サトクリフ 作、猪熊葉子 訳（岩波書店　岩波少年文庫　二〇〇八）

●さようなら、もんじゅ君　高速増殖炉《ぞうしょくろ》がかたる原発のホントのおはなし▼もんじゅ君 著、小林圭二 監修（河出書房新社　二〇一二）※柚希《ゆずき》が紹介《しょうかい》した本

【ブックトークで紹介《しょうかい》された本】

●初恋日和《はつこいびより》▼佐藤佳代 作、中井絵津子 絵（岩崎書店　二〇一二）

★わたしの、好きな人▼八束澄子 作、くまおり純 絵（講談社　青い鳥文庫　二〇一二）

●忘《わす》れても好きだよ おばあちゃん！▼ダグマー・H・ミュラー 作、フェレーナ・バルハウス 絵、ささきたづこ 訳（あかね書房　二〇〇六）

●大好き！ クサイさん▼デイヴィッド・ウォリアムズ 作、クェンティン・ブレイク 絵、久山太市 訳（評論社　二〇一五）

●恋《こい》の相手は女の子▼室井舞花 著（岩波書店 岩波ジュニア新書 二〇一六）

【その他の本】

●十二支《じゅうにし》のおはなし▼内田麟太郎 文、山本孝 絵（岩崎書店　二〇〇二）

●チュンチエ　中国《ちゅうごく》のおしょうがつ▼ユイ・リーチョン 文、チュ・チョンリャン 絵、中由美子 訳（光村教育図書　二〇一一）

★モモ▼ミヒャエル・エンデ 作、大島かおり 訳（岩波書店　岩波少年文庫　二〇〇五）

●「守《も》り人《びと》」シリーズ▼上橋菜穂子 作、二木真希子 絵（偕成社）※「外伝」は佐竹美保 絵

●ローワンと魔法《まほう》の地図▼エミリー・ロッダ 作、さくまゆみこ 訳、佐竹美

保絵（あすなろ書房　二〇〇〇）
●負けないパティシエガール▼ジョーン・バウアー 著、灰島かり 訳（小学館　二〇一三）
●「トキメキ♥図書館」シリーズ▼服部千春 作、ほおのきソラ 絵（講談社　青い鳥文庫）
●宇宙《うちゅう》のみなしご▼森絵都 著（講談社　一九九四）
●赤毛のアン
完訳《かんやく》赤毛のアンシリーズ1（赤毛のアン）▼L・M・モンゴメリー著、掛川恭子 訳（講談社　一九九〇）
赤毛のアン▼L・M・モンゴメリ 作、村岡花子 訳、HACCAN 絵（講談社　青い鳥文庫〈新装版〉二〇〇八）
●若草《わかくさ》物語
若草《わかくさ》物語▼L・M・オールコット 作、矢川澄子 訳、T・チューダー 画（福音館書店　一九八五）
★若草《わかくさ》物語▼ルイザ・メイ・オルコット 作、中山知子 訳、藤田香 絵（講談社　青い鳥文庫〈新装版〉二〇〇九）
●チョコだるま▼真珠まりこ 作（ほるぷ出版　二〇〇八）
●もったいないばあさん▼真珠まりこ 作・絵（講談社　二〇〇四）
●チョコレート工場の秘密《ひみつ》▼ロアルド・ダール 著、クェンティン・ブレイク 絵、柳瀬尚紀 訳（評論社　二〇〇五）
●チョコレート・アンダーグラウンド▼アレックス・シアラー 著、金原瑞人 訳（求龍堂　二〇〇四）
●チョコレート戦争▼大石真 著、北田卓史 絵（理論社　一九六五）
●銃《じゅう》とチョコレート▼乙一 著（講談社　二〇〇六）
●チョコレータひめ▼もとしたいづみ 文、樋上公実子 絵（教育画劇　二〇〇八）
●こねこのチョコレート▼B・K・ウィルソン 作、小林いづみ 訳、大社玲子 絵（こぐま社　二〇〇四）
●チョコレートだいすき！▼ブライアン・モーゼス 作、マイク・ゴードン 絵、いしわたみさこ 訳（教育画劇　二〇〇〇）
●チョコレートの大研究　学んで楽しい、つくっておいしい　おいしさのヒミツと歴史、お菓子《かし》づくり▼日本チョコレート・ココア協会 監修（PHP研究所　二〇〇七）
●はじめてのチョコレート　作《つく》って楽しい！ 食べておいしい！ もらってうれしい！▼寺西恵里子 著（日東書院本社　二〇一六）
●戦争するってどんなこと？▼C・ダグラス・ラミス 著（平凡社　二〇一四）
●国際《こくさい》理解《りかい》を深める世界の国歌・国旗大事典▼弓狩匡純 著、高村あゆみ イラスト（くもん出版　二〇一一）
●「怪盗《かいとう》クイーン」シリーズ▼はやみねかおる 作、K2商会 絵（講談社　青い鳥文庫）
●「探偵《たんてい》チームKZ《カッズ》事件《じけん》ノート」シリーズ▼藤本ひとみ 原作、住滝良 文、駒形 絵（講談社　青い鳥文庫）
★トムは真夜中の庭で▼フィリパ・ピアス 作、高杉一郎 訳、スーザン・アインツィヒ 絵（岩波書店　岩波少年文庫　一九七五）
●「タイムスリップ探偵団《たんていだん》」シリーズ▼楠木誠一郎 作、村田四郎・岩崎美奈子 絵（講談社　青い鳥文庫）
●戦火の馬▼マイケル・モーパーゴ 著、佐藤見果夢 訳（評論社　二〇一二）
●バッテリー▼あさのあつこ 作、佐藤真紀子 絵（教育画劇　一九九六）
●チームふたり▼吉野万理子 作、宮尾和孝 絵（学習研究社　二〇〇七）

【雑誌《ざっし》】

●月刊《げっかん》ジュニアエラ▼小中学生向け月刊《げっかん》ニュースマガジン。毎日のニュースを朝日《あさひ》新聞の記者などが子ども向けにわかりやすく解説《かいせつ》。デジタル版《ばん》あり。（朝日新聞出版）
●子供の科学▼小中学生が科学をわかりやすく学べる科学情報誌《じょうほうし》。自然科学の解説《かいせつ》記事や実験・工作の記事を掲載《けいさい》。月刊《げっかん》。デジタル版《ばん》あり。（誠文堂新光社）
●ビッグイシュー▼ホームレスの人々が自立するための仕事をつくることを目的に、一九九一年にロンドンで生まれた雑誌《ざっし》。日本では二〇〇三年九月に創刊《そうかん》。月二回刊《かん》。（ビッグイシュー日本）

■作家　**濱野京子**（はまの きょうこ）

熊本県に生まれ、東京に育つ。『フュージョン』（講談社）でJBBY賞を、『トーキョー・クロスロード』（ポプラ社）で坪田譲治文学賞を受賞。その他の作品に、『アカシア書店営業中！』『竜の木の約束』（以上あかね書房）、『くりぃむパン』（くもん出版）、『バンドガール！』（偕成社）、『すべては平和のために』（新日本出版社）など多数がある。埼玉県在住。

■画家　**森川　泉**（もりかわ いずみ）

会社員として勤務後、挿画･イラストを描き始める。主な挿画の作品に、『ふしぎの国のアリス』（学研プラス）、「ピッチの王様」シリーズ（ほるぷ出版）、『夢をつかもう！ ノーベル賞感動物語』（集英社）、「満員御霊！ゆうれい塾」シリーズ（ポプラ社）、『夏の猫』（国土社）などがある。神奈川県在住。

装丁　白水あかね
協力　有限会社シーモア
　　　ビブリオバトル普及委員会
　　　ブックリストカット：designed by Graphicrepublic - Freepik.com

スプラッシュ・ストーリーズ・30
ビブリオバトルへ、ようこそ！

2017年9月　初　版
2018年7月　第3刷
作　者　濱野京子
画　家　森川　泉
発行者　岡本光晴
発行所　株式会社あかね書房
　　　　〒101-0065　東京都千代田区西神田 3-2-1
電　話　営業(03)3263-0641　編集(03)3263-0644
印刷所　錦明印刷株式会社
製本所　株式会社難波製本

NDC 913　207ページ　21 cm　　ISBN978-4-251-04430-3
落丁･乱丁本はお取りかえいたします。定価はカバーに表示してあります。　https://www.akaneshobo.co.jp

0 総記《そうこき》
1 哲学《てつがく》
2 歴史《れきし》・地理《ちり》
3 社会《しゃかい》
9 日本文学《にほんぶんがく》
9 外国文学《がいこくぶんがく》
6 産業《さんぎょう》
7 芸術《げいじゅつ》・スポーツ
8 言語《げんご》
ABC